KUWEI
酷威文化

图书 影视

间谍静静执起琴弓

[日] 安坛美绪 著
罗凌琼 译

ラブカは静かに弓を持つ

江苏凤凰文艺出版社

图书在版编目（CIP）数据

间谍静静执起琴弓 /（日）安坛美绪著；罗凌琼译. -- 南京：江苏凤凰文艺出版社，2025. 3. -- ISBN 978-7-5594-9351-4

Ⅰ．I313.45

中国国家版本馆 CIP 数据核字第 2025U9T527 号

著作权合同登记号：10-2024-475

RABUKA WA SHIZUKANI YUMI WO MOTSU by Mio Adan
Copyright © 2022 Mio Adan
All rights reserved.
First published in Japan in 2022 by SHUEISHA Inc., Tokyo.
This Simplified Chinese edition published by arrangement with SHUEISHA Inc., Tokyo in care of Tuttle-Mori Agency, Inc., Tokyo through Pace Agency Ltd., Jiang Su Province.

间谍静静执起琴弓

[日] 安坛美绪 著　罗凌琼 译

责任编辑	项雷达
特约编辑	冯婉灵　房晓晨
装帧设计	卷帙设计
责任印制	杨 丹
出版发行	江苏凤凰文艺出版社
	南京市中央路 165 号，邮编：210009
网　　址	http://www.jswenyi.com
印　　刷	天津鑫旭阳印刷有限公司
开　　本	880 毫米 × 1230 毫米　1/32
印　　张	8.5
字　　数	194 千字
版　　次	2025 年 3 月第 1 版
印　　次	2025 年 3 月第 1 次印刷
书　　号	ISBN 978-7-5594-9351-4
定　　价	45.00 元

江苏凤凰文艺版图书凡印刷、装订错误，可向出版社调换，联系电话 025-83328077

您好！初次见面。
我是《间谍静静执起琴弓》的作者，
安坛美绪。

这是一个伴随着大提琴的琴声而展开的、
关于信任的故事。
我很高兴这部作品能带给
中国的各位读者。

Adan Mio :)
安坛美绪

目录

🎵 **第一乐章**

1	卧底	002
2	浅叶樱太郎	018
3	大本钟的高度	033
4	忘记录音	053
5	浅叶老师交流会	064
6	《战栗的皱鳃鲨》	082

♪ 第二乐章

7	《船难》	120
8	合奏曲目	139
9	厚重的透明墙	158
10	再次梦见深海	178
11	小野濑晃音乐会	204
12	《雨日迷途》	236
	尾　声	255

主要参考文献　264

后记　266

第一乐章
だいいちがくしょう

❶ 卧底

假如长期卧底也看资质，
他毫无疑问属于适合的那类人。

全日本音乐著作权联盟的档案室位于阳光无法触及的地下。橘树[①]发现电梯指示灯一直停在顶层毫无动静，只好匆匆赶向电梯厅后面的应急疏散楼梯。

橘一边确认时间，一边沿着昏暗的楼梯飞奔而下。如果目的地是与档案部同一层的会议室，时间倒还宽裕，可惜被叫去的地方并不理想，更糟的是电梯居然不动了。顶层是董事长办公室，想必今天依然是大人物往来不息。

橘任职于全日本音乐著作权联盟，俗称"全著联"，正如其名所示，专门管理日本国内的音乐著作权。

"嗨。辛苦你跑一趟啊。"

推开沉重的铁门，走进地下一层的走廊，橘便看到盐坪信宏站在档案室的玻璃门前等候。把橘叫来这里的这位新领导是名其貌不扬的中年男性，穿着一身不太合身的西装，举手投足却颇为沉稳大方。

"抱歉，让您久等了。"

[①] 橘为姓，树为名。在日本文化中，通常习惯只称呼对方的姓氏。——编者注

"现在还没到一点嘛。你特意走楼梯来的？"

"因为电梯迟迟没下来。"

"高层领导接待客人也不容易啊。"这位拿着两个文件夹的小个子男人一边笑着说道，一边推开了档案室的大门。

地下一层除了宽阔的档案室外没有其他重要房间，充满了独特的宁静。橘已在总公司工作了一年，却鲜有机会踏足这里。有机会能接触到档案室的员工屈指可数。

进入档案室后，盐坪立即弯下腰锁上了出入口。

"把门锁上没事吗？"

在办公室进行一对一谈话时，通常并不会特意将房门紧闭，反而是有些人为了避嫌，一定会确保门是稍微开着的。不过如果是在会议室这样的小空间里谈话，将房门关上或许还能理解，但这里是宽敞的档案室，把出入口紧锁似乎有些不太寻常。

"嗯？"

"其他人应该也要用档案室吧？"

听到这个问题，盐坪走在前头的背影停了停，但并未回答。橘今年春天才刚调到档案部，对这位领导的为人还不甚了解。

两人沿着钢制书架之间的通道往深处走去，一股陌生的气味扑鼻而来，仿佛陈旧纸张彼此挤压摩擦后散发而出。据说这里保存着的最古老的乐谱还是在战前创作的。

全著联管理的音乐作品数量，已超过四百万部。

"小橘，你是从宣传部调过来的吧？"

"是的。"

"在那之前呢？"

"之前在仙台分公司。"

这番连闲聊都称不上的对话还没结束，档案室的最深处已近在眼前。盐坪走到尽头再右拐后，终于进入了死胡同。

早上盐坪告诉橘："我有事跟你说。"

也许那不过是个借口，实际上可能只是想让新来的整理书架而已。毕竟档案部是闲差事，橘明知这一点才提出调动申请，那么被分派整理书架的任务也无妨。

与每天都要面对其他人相比，他甚至觉得那样更轻松。

"请问，您要说的事是……"

夹在墙壁与书架间的狭小空间内，橘毫无期待地开口问道。高高的书架投下的影子在四周朦胧晕开。

盐坪站在白色墙壁前，转身看向橘，脸上挂着一抹蛇一般的微笑。

"你会拉大提琴是吧？"

从顶头上司口中突然冒出这个完全出乎意料的词，橘的呼吸瞬间停滞。

"你在学生时代学过大提琴，从五岁到十三岁。哦，这应该叫童年时代吧？从幼童开始学，练了整整八年，估计拉得相当不错。如果现在给你一把大提琴，你应该还能来上一两曲吧？"

"……我已经好久没接触了。"

"你似乎很擅长自谦，但现在是时候把那美德放一放了。会拉大提琴不是很棒吗？衬得你这个帅哥更加气质不凡。"

"砰！"心脏仿佛高高跳到耳边发出响亮的声音，接着是"嘭、嘭、嘭"，声音急速地往前蹿去。

呼吸突然变得困难，橘下意识地按住了喉咙。

"我猜你的水平是业余高级吧？初级水平只能用弓拉出声音，而八年的经验应该不会止于中级的程度。没事，稍微有些忘了也没关系，关键在于你并不是锯木头的新手。"

"请问……"

"嗯？"

"这事您是听谁说的？"

橘紧张的语气似乎让盐坪感到有趣，他的嘴角再次扬起。

橘从不在工作场所谈论私事，更别说主动提起有关大提琴的话题了。

"这是你告诉我的信息。是你亲口说的。"

"我完全没有印象。"

"只是忘了而已吧？在 2014 年 7 月 15 日的最终面试中，你确实回答说你会拉大提琴。当时还留有一条备忘录，你说如果是简单的曲子，即使是第一次看到也能演奏出来。"

翻开递过来的文件夹，橘的指尖立刻僵住。

文件夹里是橘入职时的履历表，上面贴着他学生时代的照片。有人用红笔在纸张空白部分写了几个潦草的字：

大提琴。5～13。简单曲可视奏。

"没有人能完美记住一切。何况是几年前的面试回答，基本不可能记得。当时应该是面试官装作闲聊的样子问你，说我们公司有很多从事音乐的人，你是不是也会弹奏乐器。这种难得的话题，没有哪个求职者会白白浪费。而且由于紧张，有些人反而会过于详细地讲述自己的经历。"

"……演奏乐器的经验和这里的工作有什么关系吗？"

全著联的业务重心始终在于著作权的管理。虽然工作的对象是音乐，但并不要求员工具备特别的演奏技术。

尽管橘平静地反问，内心却是惶恐不安。

终面时自己透露的事真的只有那些吗？从几岁到几岁学过大提琴，简单的曲子可以视奏。除此之外，还有没有说出什么多余的话？

橘试图回想，却无法追溯自己并不记得的记忆。

"今年春天你还在宣传部工作，那你应该知道音乐教室的事吧？"

话题的矛头突然转了个方向，橘紧绷的肩膀终于放松下来。

"是指我们要开始给头部音乐教室征收著作权使用费的事吗？"

"关于这件事，你知道的范围是？"

"我们的主张和依据，以及社会上舆论压力很大，基本上就这些。"

自从宣布开始对头部音乐教室征收著作权使用费以来，全著联被媒体报道的机会就变多了。特别是在互联网上，经常被批评为试图从大众手中夺走音乐的贪婪组织。

这个国家真正理解著作权的人很少。

"我稍微看了下你的履历，大学时你参加了著作权相关的研究班啊。你来这里工作，也是因为本来就对音乐著作权感兴趣？"

"不，并不是。"

"那么是机缘巧合？"

"差不多是那样吧。"橘实话实说后,盐坪再次露出笑容。他用仰望的姿势看着高大的橘,嘴角微微上扬。

正如多数人都没有特别规划过自己的人生,橘也不是胸怀大志来到这里的。读大学时,橘在文科院系中选了法学系,接着在法学系研讨班[①]中选择了比较容易进的著作权研讨班,而跟著作权研讨班对口且待遇好的单位就是全著联,橘到这里工作的原因不过如此而已。

橘的目光偶然落到书架下层,架上的每一本档案文书在背脊规定的位置都贴有红色标签,那是全著联的标志。

只要是稍微关注时事的人,应该都能认出这个著名的标志。

"下个月我们会被起诉。"

听到这句话,橘抬起视线,见顶头上司仍在微笑。

"由三笠领衔创设的音乐教室协会准备向东京地方法院提交起诉状。他们表示在音乐教室内的演奏不涉及著作权,希望法院确认他们没有向全著联支付著作权使用费的义务。万一法院认可这个诉求,对我们将是一个沉重的打击。"

三笠是指从事乐器和音响设备制造销售的三笠股份有限公司。作为全球最大的乐器制造商,三笠的声名享誉国内外,旗下众多业务中,尤以音乐教室的运营最为有名。日本国内的学生总数超过三十五万,从幼儿到成人,三笠音乐教室为各个年龄层的人持续提供音乐教育,无论规模多么小的城镇都能看到三笠音乐教室的招牌,无比贴近人们的生活。

而包括头部音乐教室在内的二百五十多家企业组成的音乐教室协

[①] 研讨班:日本大学里的一种教学形式,内容通常是学生发表自己的研究成果并互相交流。(本书脚注如无特殊说明,均为译者注。)

会，位于其核心的也是行业领袖三笠。业内成立音乐教室协会，目的就是反抗全著联关于音乐教室的课程演奏也应征收著作权使用费的主张。

"如果不能征收，损失的金额会有多大？"

"最多一年十亿。高层的人怕是会气昏过去吧。"

根据几个月前发表的规程草案，全著联计划向音乐教室征收每年学费收入的2.5%。假如法院公开裁定全著联无权行使这项权利，肯定会极大打乱全著联的事业发展计划，这点橘也能料想到。

"但我们不可能输吧？"

"从没听说我们打输征收著作权使用费的官司。"橘补充道。盐坪露出粉色的牙龈，似乎很满意橘的回应。

"对了，三笠方面的主张是什么？"

仿佛就等橘的这句话，盐坪举起另一个文件夹。这份文件的脊背上依然有个醒目的红色标志。

"他们的主张可以这么概括：音乐教室内的演奏不属于面向'公众'的演奏。演奏权是什么，你应该非常清楚吧？"

橘马上点了点头，但盐坪依然翻开文件，朗声读出条文。

第22条（上演权和演奏权）
为使公众直接看到或者听到其作品（下称"公开"）而进行上演或者演奏的权利，属作者专有。

"在适用演奏权的范围内，作者有权在其作品被演奏时向使用者收取使用费。创作音乐的人可以对出于任何目的演奏其音乐的人要求相应的报酬。也就是说，对于使用我们全著联所管理音乐的人，我们有权向其收取相应的费用。"

音乐的权利结构十分复杂。

为了合法推销乐曲，作词和作曲的音乐家会将乐曲的著作权转让给音乐出版社。成为著作权人的音乐出版社则多数选择委托音乐版权管理公司来管理这些权利。而橘任职的全著联就是这些音乐版权管理公司中规模最大的一家。

这就意味着，当自身所管理的乐曲著作权受到侵犯时，全著联有权，同时也有义务对未经授权的使用者采取直接应对措施。

"成人音乐教室大多是五人以下的小组授课，或是讲师和学生的一对一教学，不管哪种情况，上课的时间和成员基本都是固定的。音乐教室内部的琴房是一个极小的密室，在这种密室内面向不足五人的特定人员进行演奏，不应视为面向'公众'的演奏……这就是三笠方面的主张。

"他们的主张还包括音乐教室内的演奏并不属于'为了让人听'的演奏，在音乐教育中使用音乐著作是对文化财产的公正利用；不过，在教室内的演奏是否属于面向'公众'的演奏应该会是争议的焦点。"说完，盐坪将文件递给橘。

"听到这里，你怎么想？这场官司是我们会赢，还是三笠会赢呢？"

"不出意外的话，我们会赢。"

橘这样回答后，盐坪再次显出愉快的样子。

"这么说，你认为即使在音乐教室内，受雇的讲师示范给几名学生听的演奏也可以征收著作权使用费，是吗？"

"这不是我个人的意见，而是依据判例得出的结论。"

"依据判例啊……"盐坪用玩味的口吻重复了一遍。

橘说的并不是什么稀奇的事,这种程度的知识,只要是全著联的职员理应都了如指掌。

"理论依据来自满月俱乐部案件的卡拉 OK 法理……这是我们全著联每个人都知道的判例。"

"不,不,请你这位著作权研究班出身的专家为我讲解一下。"盐坪半开玩笑地要他继续讲下去。橘十分纳闷,他完全摸不清盐坪的真正意图,包括特意把自己叫到地下档案室的原因。

"满月俱乐部案件是指,全著联起诉一家名为满月俱乐部的小酒馆,表示其安装在店内供顾客唱歌的卡拉 OK 侵犯演奏权,要求其支付著作权使用费的案件。被告是经营这家小酒馆的男性,但他本人并没有使用店里的卡拉 OK 唱过歌。"

"被告本人没有用卡拉 OK 唱过歌,法院却判定他侵犯了演奏权?"

"这起案件的争议焦点在于谁是'演奏主体'。"

"满月俱乐部主张'演奏主体'是实际在店内使用卡拉 OK 设备唱歌的工作人员和不特定的多数客人。"

"按照这个主张,被告男老板确实不可能成为'演奏主体'。"

"然而,法庭上的逻辑并不都这么简单。全著联一方把焦点放在了满月俱乐部的管理控制以及利益性上。"

"管理控制及利益性?"

"管理控制指的是,安装和操作卡拉 OK 设备的人是谁。利益性指的是,通过卡拉 OK 吸引顾客进店消费,能获得收益的人是谁。

"从这两个要素可以推出'演奏主体'就是满月俱乐部。"橘平静地解释道。盐坪则微微摇头:"这个说法可真怪。"

"店铺本身成为'演奏主体',通过让工作人员和客人唱歌而侵害了演奏权。这个扩大了利用主体范围的法律解释,即所谓的卡拉OK法理。"

"你认为这个卡拉OK法理也适用于音乐教室案?"

"很有可能。"

"也就是说,这个案子的'演奏主体'就是音乐教室本身……而不是实际演奏乐器的讲师和学生,是这个意思吗?"

"我认为我们会用这个解释去应对。"

"这种想法就相当于,音乐教室利用讲师和学生这种'人类乐器'来演奏流行音乐。哎呀,实在是奇特。我一辈子都无法理解法律界人士的思维。"

"但你遗漏了对'公众'的解释哦,小橘。"上司笑着说道。橘悄悄轻叹一口气。

"著作权层面的'公众'指的并不是一般意义上的不特定多数,这与常规理解有所不同。"

"怎么说?"

"著作权法中对'公众'的定义分为两种,一种是特定的多数人,另一种是不特定的人。这次音乐教室的案件属于后者。三笠音乐教室没有入会限制,只要申请并支付学费,任何人都能参加课程。换句话说,只要音乐教室本身就是'演奏主体',那么哪怕是在狭小的密室中,仅面对一名学生做出的示范演奏,依然属于侵害乐曲的演奏权,因为这个教室是对所有人开放的'公众'场所。"

空调的声音似乎切换了,橘不由得抬头看了看天花板。不知道时间过了多久,他觉得话题应该不会再有进展。

"请问,我可以告辞了吗?"

"怎么可能,刚要进入正题呢。"

"正题?"橘反问道。盐坪从装有履历表的文件夹中抽出一张彩色宣传单。橘接过那张折成三折的有光纸,翻到背面,只见有个"三笠音乐教室二子玉川店"的黑色方形印。

"小橘,我们希望你能去三笠音乐教室做卧底调查。"

听到这句话的瞬间,散落在橘脑海中的拼图碎片仿佛瞬间拼接起来,他全身僵住。

"砰!"心跳再次变得令人腻烦的响亮。

"我们希望你成为三笠音乐教室的学生,和其他学生一样在里面上课,调查教室中实际发生了什么。"

"……意思是要我去当间谍?"

"没错。同时希望你能出庭做证,说出你在调查中的所见所闻。届时在证人质询的环节,我们要给三笠一记反击。"

看到因呼吸困难把手抵在胸口的橘,盐坪似乎产生了一些误会。别人不可能知道这份紧张意味着什么。

"说是间谍,也不是要你去敌国从事谍报活动。对方既不是CIA[①],也不是KGB[②],更不是反社会组织,只是镇上的音乐教室。你的人身是绝对安全的。只要下班后去那家教室演奏你拿手的大提琴就行了,同时还能疗愈你疲惫的身心,就像参加兴趣班一样。这工作很简单吧?"

---

① CIA:美国中央情报局。
② KGB:克格勃,苏联国家安全委员会,为政治警察及安全机构。

"招聘面试的那个问题。"

"嗯？"

"难道你们早就预料到有这一天，几年前就在寻找候选人？"橘低声喃喃道。

或许是因为存放重要文件，地下档案室的空气格外干燥，橘感觉喉咙异常干渴。

"这个组织的规模非常庞大。"盐坪用一种超然世外的语气神秘地低语道。

"大组织的规划可不是一朝一夕就能敲定的。你想，自从卡拉OK法理判决以来，已经过去了多少年？随着著作权法的修订，原著作权法的附则14条被废止，录音制品的播放演奏也不再受到著作权的限制。时代在变，司法也会改变。在我们着手向音乐教室收取费用之前，你知道得经过多少个步骤吗？"

"不过你们别误会，有无演奏乐器的经验并不影响面试的结果。"几年前仍负责人事工作的盐坪笑着补充道。

"招聘应届生时就锁定好目标倒是一招妙棋。毕竟要在不透露卧底调查计划的情况下摸清员工的乐器经验实在很费劲。至少小橘你就是，即使在午休时不露痕迹地打听，你也不会老实说出来。"

"这种工作会交给档案部做吗？为什么要咱去卧底……"橘短促地吸了一口气，混乱中还用错了第一人称[①]。

[①] 第一人称：日语中有许多第一人称，说话者会根据场合不同区分使用。此前橘的自称"我"（日语中的"私"），适合商务场合，给人正式的感觉，此时自称"咱"（日文中的"俺"），属于比较失礼、粗俗的说法。

突如其来的特殊任务要求他在时隔十二年后再次拉起大提琴，比起间谍行为乃至其他一切理由，这一点才最让他心乱如麻。

"与档案部无关，这是实地调查委员会直接管理的业务。"

"实地调查委员会？"

"对音乐教室的卧底调查全都由我们这个跨部门组成的委员会负责，我是委员会的成员之一。"

"三笠也招收初学者吧。公司里会弹钢琴的人应该也不少，我只是在很久前学过大提琴而已，为什么要我去？"

在充斥着异样氛围的地下档案室一角，橘听见自己心脏发出如轰鸣般的声音不断跳动。但他怎么也不愿让人察觉自己的慌乱，因此并没有蜷起身子，仅仅面无表情地直直站着。

"不，有经验的比较好，而且得是非常拿手的人。你稍微想想就能懂吧？我们得在有限的时间里切实掌握他们不当利用全著联管理乐曲的证据啊。如果前半年的时间都花在跟教材学怎么运弓上，那不就糟了吗？我们需要能轻松演奏流行音乐的人。"

"这种程度的话，职员中一抓一大把。"

"我推荐了你。这工作并不难，但需要合适的人来做。即使一个人乐器弹得再好，如果容易被感情左右，那也做不来。毕竟要待两年呢，足够在里面建立起人际关系了。"

"两年？"橘惊讶地反问。

"没错。"盐坪笑道，微微露出牙齿。

在全著联，卧底调查本身并不稀奇。职员在工作中经常会对管辖区域的餐饮店开展蒙面调查，以顾客的身份前往酒吧和咖啡店，严密调查店内是否不当利用了全著联管理的乐曲。在仙台分公司工作时,橘也执行过这样的任务。

然而那种实地调查最长也就持续几天,从未听说过长达两年的卧底调查。

"也就是说,要我去三笠拉两年大提琴?"

"没错,小橘,事情就是这么简单。就当是公司出钱给你报兴趣班,这么想也不坏吧?"

"你的卧底地点是三笠音乐教室二子玉川店。"盐坪指着橘手中的宣传单说道。

"这家店几年前刚翻新过,属于所谓的旗舰店。里面学生和讲师的人数都很多,最适合开展调查了。"

翻开折成三折的传单,首先映入眼帘的是一张精致的休息室照片,接着是钢琴、小提琴等多种教学所用的乐器的小照片,有键盘乐器、管乐器、弦乐器,还有电吉他和鼓。

大型弦乐器大提琴也在其中。

"别担心,我相信你能胜任这份工作。"

橘茫然盯着乐器的轮廓时,上司又抛来了卯不对榫的话语。这个古怪的上司肯定误以为眼前的部下是对间谍行为感到恐惧了吧。

对橘而言,卧底调查本身并没什么大不了。正如盐坪所说,不过是下班后去一趟三笠而已。即使学两年,他也不会在那里构建特别的人际关系。

橘性格封闭,人际交往方面一概不擅长。他连可以随意联系的朋友都没有,更不可能跟在卧底处认识的人变得亲密。假如长期卧底也看资质，他毫无疑问属于适合的那类人。

然而要他在那里拉大提琴就另当别论了。

"这件事务必秘密进行，千万不能向任何人透露。今后有汇报的时候，我们就在这里直接谈吧。我是这间档案室的管理员，关于卧底的事有什么想跟我说的，可以随时找我。"

橘走出档案室，按下电梯按钮，指示灯立即开始下降。仰望缓缓落下的光芒，橘重复着短促的呼吸。

坏兆头，他想。

在这种心悸袭来的日子里，橘必定会梦到深海。

"我不知道三笠的讲师是怎么上课的。"

走进空无一人的电梯，等待电梯门关上时，盐坪悄声说道。一股刺鼻的薄荷香气在空气中弥漫，令人不快。

"但如果他们问你，有没有想弹的曲子，你就这么回答：'古典音乐太无聊了，我想弹流行曲。'"

身处不断上升的电梯中，橘的意识却不断潜入更深的地方。一把琥珀色的大型弦乐器从没有一丝光线透入的深海中浮现的画面在他脑中掠过，很快又消失不见。

浅叶樱太郎

能奏出自己喜欢的乐曲，
无论在哪个年纪都是件快乐的事。

三笠音乐教室二子玉川店位于东急田园都市线的二子玉川站稍前方，全著联总公司大楼则矗立在目黑大道沿线，如果不赶时间，搭东急巴士过去最方便。

傍晚时分的细雨开始敲打车窗后，搭公交车的乘客顿时增多。望着逐渐拥挤的车厢，橘心想，根本没法把大提琴带上车。

大提琴长约一百二十厘米，厚度是小提琴的三倍，不适合上下班挤地铁，也不适合雨天乘公交。

雨势骤然变猛，橘不自觉地伸手摸向胸前的圆珠笔。按下顶部的按钮后，"咔嗒"一声，按钮平滑地缩进笔身。

"妈妈，下车后一定给我买冰激凌。"

正巧，一个男孩子缠着母亲买东西的声音在车厢内响起，随即又传来下车提醒的广播声。

预约了今天的体验课后，橘稍微查了一下自己要卧底的音乐教室，他尤其关注讲师信息。橘在三笠网页上查到了师资列表，有各个讲师的姓名、照片及主要履历。大提琴讲师为数不多，把范围缩小到二子玉川店后，就只有一个人符合条件。

浅叶樱太郎。

毕业于匈牙利李斯特音乐学院。

他的履历如此精简，给人一种颇为突兀的印象。照理来说，这个社会极其重视从几岁开始跟谁学习、毕业于哪所音乐学院、在什么音乐比赛中获奖，而许多讲师不仅列出自己的经历，还附上对学生的寄语，相较之下，浅叶显得过于冷漠。

照片上的浅叶正在演奏，穿着音乐家的正式礼服。或许因为他低着头，面部的整体特征不太好把握，然而轮廓分明，长相应该不错。看上去他与橘年纪相仿，但那只是照片拍摄时的情况，现年几岁则不得而知，没准这张照片是他年轻时最上镜的一张。

假如他性格顽固，那就头疼了，橘想。

待人冷淡倒是无所谓，万一他是那种只认古典音乐的顽固派就很麻烦。三笠音乐教室并不走那种路线，但任何组织都会有按自身想法行事的人。如果不能顺利弹奏流行音乐，事情就不好办。

"那买果汁！要么冰激凌，要么果汁，一定给我买！"

目送那个吵闹的男孩和他的母亲从中间车门下车，橘再次按下胸前圆珠笔的按钮。接着他拿起耳机塞进两只耳朵，将插头插入圆珠笔侧面，用指甲按下笔夹内侧的微小突起。

"妈妈，下车后一定给我买冰激凌。给我买给我买。"

"您的社区诊所。内科、儿科、皮肤科。提供上门医疗服务。前往源医院请在这里下车。"

"下一站是终点站，二子玉川站。请带好随身物品，准备下车。"

听到司机的广播后，橘看向窗外，车站就在不远处。由于公交车行驶的声音太大，即使取下耳机，依然听不见雨声。

盐坪给他的这支圆珠笔式录音笔性能相当不错，在嘈杂的车内也能清晰录下说话对象的声音。

三笠的琴房隔音设备齐全，想必效果更佳。

公交车靠边停下，橘也站起身，旁边的一位中年女性下意识地抬头看他。橘则避开她的目光，飞也似的跳下踏板。

从工作地点到这里的距离很远，坐公交车约莫四十分钟。想到今后每周都得这样往返一次，橘便感觉兴味索然。

三笠二子玉川大厦建于几年前，是三笠自有的大楼。这里的音乐教室也是继银座、新宿店后的第三个旗舰店。大厦外墙高雅别致，既与街道融为一体，又格外引人注目，据说常被用作碰头的地标。

橘站在街上仰望大厦，内心感慨三笠真是资金雄厚。

大厦地上部分有六层：一、二层出售乐器和乐谱，也提供乐器维修；三、四层是音乐教室的琴房；五、六层则是独立的音乐厅，据说也对外出租。二子玉川站热闹繁华，去往市中心乃至城郊的交通都很便利，大厦建在这里更是相得益彰。

预约的时间还没到，橘本想在一楼的乐器店逛一逛，忽然想起这里有休息室。那是供音乐教室的学生休息放松的地方，今后自己也要来上课，使用休息室也无妨吧。

搭乘乐器店内的电梯上到三楼，眼前豁然开朗。

中庭正中央是一座风格典雅的大楼梯，好似豪华客船。前方的休息室里摆放着设计简约的崭新桌椅，有一种广受大众喜爱的清洁感。不像市中心的咖啡馆，这里并不拥挤，人数稀少更显得这个空间弥足珍贵。

"您是预约了大提琴体验课的橘先生吧？离上课还有一些时间，您方便的话，请在那里稍坐一会儿，帮我们填一下问卷吧。"

从脖子上系着丝巾的娇小美女手里接过问卷，橘在休息室的椅子上坐下，漫不经心地在纸上打钩时，陆陆续续有人从大楼梯上走下来，貌似是这里的学生，看来正好是上下课交替的时间。

学生中有一个抱着小提琴盒的，还有一个背着萨克斯盒的，两人都是中老年男性，身材也相仿，个头不高但体态圆润，浑身散发着善良的气息，和刚才那位负责接待的女性有点像，都给人一种生活富裕的感觉。

看到后面的电梯门打开，橘的注意力也转向电梯。

香槟金色的硬盒。

是大提琴。

看到那个巨大的轮廓时，"砰！"心脏又跳了一下。橘连忙深吸一口气，但胸口仍像缺氧般苦闷。

光是看到那个形状就有难以言喻的不安涌上心头。

早知如此，还不如撒谎更好。跟那个上司说自己过去手指受了伤，已经拉不了大提琴了。橘不禁埋怨自己，怎么连这种程度的临机应变都做不到呢？

橘一直以为，他再也不会接触到大提琴了。

恐惧让两只胳膊都起了鸡皮疙瘩，但橘的视线依然紧紧追随那个香槟金色的硬盒。当它被放在稍远处桌旁的地板上时，橘和它的主人也四目相对。

那是一个大学生模样的女孩，看起来十分纯朴。

她睁大了圆圆的眼睛，朝橘略略点了点头，橘也跟着回了一礼，接着迅速将目光移回问卷，心下暗暗对刚才一连串不礼貌的行为感到羞愧。

毕竟被一个陌生人盯着看，对方肯定觉得不舒服吧。

"橘先生，我们已经准备好了，请跟我到琴房。"

听到前台叫自己的名字，橘立刻起身，只走几步便能切身感到空气十分清新。

乐器普遍对湿度的变化很敏感。从各方面都可以看出，三笠音乐教室很用心地在为学生和乐器提供最佳环境。

走在大楼梯上时，前台的女性问道："您的脚下没问题吧？"橘简短地回了声"嗯"。

"刚才好像突然下了大雨……"

"当时我正好在公交上，下车的时候雨已经停了。"

"这样呀，那真是太好了。"

橘注意到这位谈吐优雅的女性似乎有些欲言又止，但还是把目光投向楼梯尽头的走廊。通往琴房的四楼走廊呈平缓的弧形，左右两侧有几道门，门后应该都是教室。

最里面的房间门朝外敞开着。

"那个房间就是琴房。今天为您上体验课的讲师叫浅叶。其实，他刚好和您相反。"

"相反？"

"浅叶老师刚出去就被大雨淋个正着……老师只有今天是这样的打扮，还请您见谅。"前台的女性说着歪了歪头，露出有些为难的表情。

还没来得及思考要"见谅"什么，橘已经看到弧形走廊尽头的房间内部。

前台的女性柔声唤道"浅叶老师"，那位男性便站了起来。

"这位是参加体验课的橘先生，希望上一对一的高级班。时间到了我会再来通知，接下来就交给老师了。"

橘也向讲师低头行礼，心里却纳闷，这家伙怎么回事？

面前的男性穿着与这家音乐机构氛围格格不入的家居运动衫，头上还裹着一条雪白的毛巾。

"我是讲师浅叶。虽然今天时间不长，还请多多关照。"

浅叶在近距离讲话时的音量显得有些大，可以窥见他善于社交的性格。而他挺胸站立的姿势更让人联想到舞台演员而非音乐讲师，注视着眼前对象的眼神也坚定有力。

但比起这些印象，他那身不合时宜的打扮更吸引橘的注意力。

"浅叶老师那身衣服是刚才在便利店里买的。"前台美女笑着帮忙解释。"您回来时全身都湿透了吧？"

"毕竟那场暴雨真的很大。我到便利店的时候已经淋成落汤鸡，根本没法回琴房。"

"您回来时我甚至没认出来呢。"

"我该去剪个头发了。"浅叶笑着说道，肩膀也跟着抖动。

刚买来的T恤有奇怪的折痕，下身的黑色运动裤和脚下的橡胶拖鞋已经显得无比随意，但更醒目的是头上的毛巾。可能是头发还没干，他把那条白毛巾像印花头巾一样紧紧裹在头上。

短短几秒钟，橘就看出他是个天生外向的人。

"抱歉耽误了您的时间。现在开始计时三十分钟。"

前台女性离开后，走廊瞬间安静下来。"请进。"浅叶说道。橘再次低头致意。

琴房内部比想象中狭窄，装潢也简单，像是搬走沙发和显示器的小型卡拉OK包厢，与橘以前上的，拥有单独一栋楼的大提琴教室风格截然不同。

看到躺在地板上的两把大提琴，橘的心跳不由得加快。

"橘先生想上的是高级班对吧。也就是说您有学大提琴的经验，大概学了几年呢？"

"请坐。"浅叶指向靠门的椅子，橘便在那里坐下。浅叶从墙边的桌上拿起拍纸本，开始在上面写些什么。

"我从五岁学到十三岁，后来就都没碰过了。"

"五岁呀，"浅叶感慨道，随即坐在橘眼前的椅子上，"比我开始学大提琴的年纪早多了，真厉害。"

"是吗？"

"我原本学的是钢琴，十一岁才开始学大提琴。橘先生学得比我早。"

橘一边和浅叶闲聊，一边悄悄端详琴房各个角落。估计是不同时间由讲师轮流使用，这里没有什么生活气息。除了上课必备的道具，并没有浅叶的私人物品。这个空间中只有最必要的东西，显得干净而利落。

橘朝墙上瞄了一眼，"咔嗒"，时钟的秒针动了一下。

"那您有十二年没拉大提琴了。可以问一下您为什么时隔多年想重新拉琴吗？"

"我平时一直在工作，也没什么兴趣爱好，所以想重拾大提琴试试。"

"这样啊。工作很忙吗？"

"算忙吧。"

"音乐也是一种放松的方式,能缓解压力。"

裹着毛巾的男人笑了。从刚才和前台女性的互动也能看出,他应该人缘很好。他的年纪似乎与橘相仿,或者稍大一些。

看网页资料的时候还觉得他可能不好相处呢,想到这里,橘连忙伸手去摸插在胸前口袋的圆珠笔。

"啊,那支笔。"

"咦?"

"因为有可能划伤乐器,请把笔取下来。"

一瞬间,橘以为被对方察觉,脖子顿时感到一阵寒意。"不好意思。"橘取下圆珠笔若无其事地放在旁边的乐谱架上,浅叶并没有再说什么。悄无声息按下的录音按钮已经整齐缩进笔身。

橘原本打算在进入琴房前就开始录音,却不小心忘了。他本来就紧张,而那颗出乎意料的毛巾头更是让他措手不及。

面对大提琴,急促的心跳中夹杂了别的感情,各种不安交织在一起,仿佛被看不见的丝线紧紧缠绕。这既是由于一开始就犯下的粗心错误,也因为间谍特有的多疑,担心着浅叶也许注意到了什么。

上课时,学生与讲师的距离比橘料想的近得多。

这和他以前调查过的酒吧、餐厅,以及小时候上的独栋大提琴教室都不一样。在这个狭小的密室里,一直欺骗坐在自己正对面的人,或许比想象中困难不少。

对橘的心情一无所知的浅叶继续聊音乐的话题。

"刚才说到哪儿了?缓解压力对吧?音乐能给人以疗愈,这是千真万确的。无论多么疲惫的心灵,唯有音乐一定能触及。尤其是大提琴,一种普遍认知是大提琴的音域最接近人的声音。

"那么,"浅叶抬起地板上的一把大提琴递给橘,"我们会做一个大概的分级,能请您演奏一下吗?如果需要乐谱,这里有教材。稍微热身后开始,让我大致感受一下整体氛围就行。这不是考试,轻松拉就好了。

"请。"在浅叶的示意下,橘伸手接过大提琴。只是轻轻握住琴颈,心跳声又变得嘈杂。

不过,将木制琴身拉到身边时,一种淡淡的怀旧感也涌上心头。

橘将大提琴横放在膝上,拉出收纳在乐器尾部的金属棒。大提琴是大型乐器,有一个叫作尾柱的支撑部件,方便将它固定在地板上。橘调整好尾柱的长度,把尖端插入放在地上的木质防滑垫,并以此为支点立起大提琴。

把琴身夹在两膝之间时,他感到有些不对劲。

乐器上方,琴颈的位置比记忆中更低。

"可以把尾柱再拉长些,因为您个子挺高的。"

"……好像是。"

浅叶指出问题后,橘重新将大提琴放回膝上,稍稍拧松调节螺丝后,将尾柱略微拉长。

这时,橘意识到两件事:一是记忆中的自己与现在的自己之间存在相当大的差距;二是除了恐惧以外,自己对大提琴仍保留着其他情感。

橘对此感到吃惊,内心像雾霭散去一样变得明晰,不知不觉平复了心悸。

"应该是现在的身高不同于以前吧,感觉有些不一样吗?"

"是啊。"

"青春期前就没再学的话,拉琴的感觉可能差别很大。"

"是啊。"橘轻声回应后再次架好乐器。由于尾柱拉得比较长,这次琴身边缘正好贴在左胸的位置。

那起事件发生后,这里再也没有和大提琴接触过。

"琴弓已经上好松香了,可以直接拉。调弦也没问题。"

接过浅叶递来的琴弓后,另一种紧张感油然而生。橘低头看向乐器腹部,只见四根紧绷的琴弦从最高处的白色琴码朝自己笔直延伸而来。

橘握好琴弓,没有按指板上的弦,而是先拉出空弦音。

"嗡"——深沉的低音振动了房间的空气。接触大提琴的左胸锁骨下方因传来的声压而微微发麻。

久违的大提琴声音让橘有一种猛然惊醒的感觉。

"很棒的音色,对吧?有空白期的话,会更感动于音色的深沉。"浅叶快活地说道。橘接着拉了几下琴弓,奏出柔和而深厚的音色。

"请问,拉什么曲子都可以吗?"

"当然了。这不是考试,选您喜欢的就好。"

"我的记忆已经很模糊了,连曲名都不记得。"

"没事,什么曲子都行。"浅叶鼓励道。于是橘决定拉一首自己过去最常拉的练习曲。

左手手指按住指板上的琴弦,橘稍稍屏住呼吸后低下头,右手持弓轻轻放到弦上。

尽管内心不安,手还是动了起来。

如画中清泉般澄澈的旋律。

这是一首简单的练习曲,来自多曹尔[①]的教材,市面上甚至找不到曲子的音源。

"谢谢。拉得非常好。"

约四分钟的演奏结束后,浅叶鼓掌说道。

"声音很漂亮。"浅叶一边喃喃自语,一边在拍纸本上写着什么。看到他的嘴角似乎比刚才上扬了些,橘觉得结果应该还行。

"这就是我的水平了,不知道能不能上高级班?"

"完全没问题。估计是因为有空白期,感觉有些生硬,但运弓和揉弦的基础都非常扎实,曲子也能完整演奏出来。以前您一定练得很认真吧?"

见浅叶面露喜悦,橘罕见地产生了一些自信,没准自己比这里学生的平均水准稍胜一筹。这微小的欢喜略微照亮了他薄如胶片的自尊心。

"您是怎么开始学大提琴的?五岁的话,是父母让您学的吗?"

"因为我外祖父喜欢大提琴。以前上的大提琴班也是外祖父的熟人办的。"

"您还记得以前拉过哪些曲子吗?演奏会上演奏过之类的。"

"当时老师的方针是只能拉没有发行CD的练习曲。我从沃纳[②]开始学起,然后是多曹尔、李[③]、施勒德尔[④],杜波尔[⑤]也练过一些。"

[①] 多曹尔:弗里德里希·多曹尔(Friedrich Dotzauer),德国大提琴家和作曲家,以无伴奏大提琴练习曲最为闻名。
[②] 沃纳:约瑟夫·沃纳(Joseph Werner),奥地利作曲家、大提琴演奏家和教育家。
[③] 李:塞巴斯蒂安·李(Sebastian Lee),德国大提琴演奏家和教育家。
[④] 施勒德尔:阿尔温·施勒德尔(Alwin Schroeder),德裔美国大提琴演奏家。
[⑤] 杜波尔:让-路易·杜波尔(Jean-Louis Duport),法国大提琴家、作曲家。

"哇，那位老师很专业呀。那您今后有什么目标吗？比如'我想演奏这首曲子'之类的。"浅叶问道。这一瞬间，橘的意识猛然聚焦到放在乐谱架上的那支圆珠笔。

"我想试着拉流行乐。"

在这个正方形的小房间中，他的声音格外清晰。

"不错呀。想拉哪种流行乐？"

"……刚才说过，我以前的老师很严格，他不让我拉古典乐以外的曲子。"

"哦，确实有这样的老师。"浅叶苦笑道。

"所以我对电影配乐、流行歌曲之类的有种莫名的憧憬，我想用大提琴来演奏那种流行乐。"

橘一字一句郑重地念出准备好的台词，仿佛真的有一股对流行乐的热忱在胸中静静燃烧。

"电影配乐，不错呀。我也喜欢拉流行乐。您有没有特别想尝试的类型，或者喜欢的音乐家？"

"我不知道自己目前的水平如何，所以还没有具体的想法。"

"照我看，您只要稍加练习，什么曲子都能拉。这里各个班级有相应的教材，一般是按教材进度来上课，但您有这类需求的话，我们也能灵活变通，毕竟您想上的是一对一课程嘛。"

"您有自己的乐器吗？"浅叶问道。

橘摇摇头："已经没有了。因为上下班携带不方便，上课期间我可以先租用这里的乐器吗？"

"当然可以了，很多人都这么做。我们不要求成人班的学生非得课后在家练习。"说着浅叶伸手拿起自己的大提琴。那把琴跟橘手上的租借琴感觉不太一样，琴身更有光泽一些。

"条件允许的话，能勤加练习自然最好。但因为隔音的问题，多数人很难做到在家里练琴，况且上班族也很忙。每天都拉琴的话，水平确实能提高得更快；再贪心一点地说，买一把自己的乐器更好。不过，这些都不要紧。每周一次，来这里拉一会儿大提琴再回家，用这样的感觉来学琴也完全没关系。"

这听起来像浅叶的真心话，而不是在解释三笠的教学方针。橘向浅叶笑了笑："看来不会给学生留作业，那我就放心了。"浅叶也回以爽朗的笑容："我们这儿不是那种类型的教室。"

来了才知道，也许这工作比想象中简单得多，橘心想。

每周五下班后空着手来这里一趟就行了。

"顺便问下，您现在也在看其他教室吗？"

"不，没有看别的。"

"那如果您对这次体验课满意的话，希望您能再来。您的基础很扎实，只要能坚持上课，水平会越来越高的。能奏出自己喜欢的乐曲，无论在哪个年纪都是件快乐的事。

"那么，体验课的最后环节是展示讲师的技艺。"说完，"毛巾头"把大提琴立在地上，持弓微微低下头。

那是一段十几秒的快奏，用来吸引参加体验课的人堪称完美示范。与其说是演奏，不如说它更像节日活动中的杂技表演。

看浅叶低头拉琴的姿态，橘忽然想起网页上的那张照片。

"讲师的风格大致就是这样。剩下还有学费和上课时间之类的细节，如果各方面条件都合适，您可以考虑一下。"

"那个，我希望下周开始跟您学琴。"

橘说完后，正在放松弓毛的浅叶忽地抬起头。"咚、咚"，伴随着敲门声，外面传来"时间到了"的声音。

乐谱架上，圆珠笔形状的录音笔依然无声地运行着。

3

大本钟的高度

橘依然希望让大提琴的声音回响在
比现在更高的地方。

橘至今仍能清晰回忆起小时候常去的大提琴教室周边的风景。那是一片普普通通的住宅区，离主城区车站有些距离。附近贴了不少大提琴教室的广告，发生那起事件的小巷子里也挂着一个显眼的招牌。

　　他记得非常清楚。

　　"这次我给您开效力更强的药，如果还是没有改善的话，就得考虑一下别的方法了。

　　"最好能在对药物产生依赖前找到不吃药的办法。"戴着时髦眼镜的心理医生说完，开始在眼前的终端上输入信息，她灰棕色的短发下隐约露出黄色的三角形耳环。

　　"最近还喝咖啡吗？有没有控制住？"

　　"工作时犯困就糟了，所以不得已。"

　　"尽量注意一下吧。很多人为了提神会喝咖啡，但摄入咖啡因，吃安眠药，再摄入咖啡因，就变成恶性循环了。"

　　心理医生接着问："最近喝多少酒？"

　　"我没喝。"橘回答。

　　"平时有没有做什么运动？"

"偶尔去游个泳而已。"橘轻声答道。

"游泳的那天晚上怎么样？入睡困难有没有改善？"

"没什么变化。"

"没变啊。"听到医生遗憾的语气，橘不由得移开视线。

"药效突然变差，是因为工作上的压力吗？比如工作量增加，职场上人际关系发生变化之类的。"

"我想是因为工作量变大了……而且那个工作还有点怪。"

医生轻轻安慰道："真辛苦啊。"橘也轻轻回答："是啊。"

"有时药效会持续到第二天，所以不建议继续增加药量。在吃药的同时，也尝试一下别的方法吧？比如用助眠香氛，或者睡前读会儿书。"

"……这类方法，怎么说呢，有用吗？"橘怀疑地问道。"有用哦。"医生回答。

"虽然效果多少因人而异，但不可小觑。啊，音乐怎么样？治愈系音乐有助于舒缓神经。"

橘在这家睡眠障碍门诊已经治疗一年了。如果之后医生不愿再开药，他也该考虑换一家门诊了。

不知为何，橘很难在同一个地方待太久。

"那么，下次复诊同样是一个月后，继续观察一下情况吧。"

橘伸手握住诊室的门把手时，"橘先生，"戴三角形耳环的医生叫住了他，"我有个建议，也许是时候寻找失眠的根本原因了。我们这里也设有心理咨询室，如果您愿意，可以试试看。"

这是他之前听过无数次的建议，橘已经厌倦了回应，只点头说了声"谢谢"便走了出去，通往候诊室的走廊显得异常漫长。

虽然没遇到其他病人，但他知道和自己一样的人还有很多。东京睡眠障碍门诊的初诊很难预约，这世上无法自然入睡的人比比皆是。

橘长期受到失眠的困扰，但最近几天特别严重。

"就不能不把我们的理事室当作休息室用吗？赤坂派真是够吵的。"

"啪！"一声干涩的脆响在午后的意识中割出一道空白。脸色阴沉的盐坪刚走进地下档案室最深处，便举起手中卷着的新闻资料愤愤地拍在另一只手掌上。

"……赤坂派，是什么？"橘问道。

"你不知道？"盐坪一脸意外地看向橘。除了半强制参加的欢迎和欢送会等场合，橘几乎从不在聚会上露面，因此对公司政治知之甚少。

"赤坂派，神乐坂派，公司高层根据他们聚会的地点分成这两派。赤坂派很粗俗，我不喜欢。"

听盐坪这么说，他应该是神乐坂派的成员。确实，今天早上有高层领导频繁出入办公楼，橘还看到豪车停在正门前。

"刚才文化厅对我们的响应，据说是赤坂派事前工作到位的结果。也不知是真是假，但那帮人已经在大肆庆祝了。"

上午全著联召开记者会，正式宣布将向音乐教室征收著作权使用费，同时向文化厅提出申请，要求在著作权使用费规则中新增"在音乐教室内的演奏等"条款。

尽管三笠方面早已申请在法院判决结果出来前暂缓受理，但是文化厅仍立即接受了申请。

"我听说三笠方面也在积极联系文化厅。"

"是指他们向文化厅递交请愿书,希望文化厅能指示停止向音乐教室征收费用的事吗?他们还很活跃地在开展催人泪下的联署活动呢。"

"是不是在瞧不起有空降大神坐镇的全著联啊。"盐坪露出有些阴湿的微笑。

文化厅与全著联本就关系密切。

"这下三笠方面也会着急起来吧。估计很快就会起诉。你那边顺利吗?"

"没问题。

"实际上了课才知道,这工作很简单。"橘答道。

盐坪微微一笑:"那我就放心了。"橘外表显眼,性格却阴郁,这经常为他招来年长者的厌恶,但不知为什么,这个新上司对他似乎颇为满意。

"这周马上就开始学流行乐的乐谱。"

"你之前说那个讲师看上去有点死板,问题解决了?"

"那只是我多虑了。"橘礼貌地笑了笑。

"我想也是。"盐坪露出他的小牙齿,"所谓成人音乐教室是一种服务业,不是那些自命不凡的音乐家能胜任的工作。无论学生演奏得怎么样,讲师都得讨学生的欢心,称赞他们表现得真好。"

这句语带讥讽的话粗糙地划过内心表面,橘想起因浅叶称赞琴声很漂亮而不禁沾沾自喜的自己。

"录音笔应该也没问题,声音录得很清晰。目前我们不打算把上课的录音资料作为物证提交,但不确定什么时候就会用到。每次你写汇报邮件的时候,都把录音档放在附件一起发给我吧。不过邮件名不要让人看出是什么内容，万一被系统部发现我们的动向就不妙了，那边的领导是赤坂派的人。"

"小橘。"听到盐坪叫自己的名字，橘才发现自己几乎要站着昏睡过去。

"……抱歉。"

"是不是中午吃太多啦？不过那是健康的表现嘛。"

见盐坪轻描淡写地带过，橘松了一口气。被当作健康的年轻人对他来说更好。

橘患失眠症已有十多年，这几天的入睡困难更是异常严重。即使吃药也睡不着，天快亮时才勉强睡下，但马上又被闹钟的巨响炸醒，顶着一张生无可恋的脸刷牙，茫然地随着电车左右摇晃，拖着快要吐出来的睡意抵达职场后开始泡咖啡，因为灌了太多杯，烧心的症状也特别严重。为防万一，他来档案室前也喝了一杯，才喝完就成了这个状态。

失眠始于那天，在三笠拉大提琴之后。

"预计下周或下下周我们就会收到起诉状，等那边有动静了我会再联系你。继续辛苦你了。"

橘朝领导点点头，但内心根本无暇顾及这些。一旦松懈下来就有种快要作呕的感觉。仿佛只有脑海深处无比冰冷，一股异样的兴奋感无法平息。

果然是因为大提琴吗？

碰到真实乐器的瞬间，橘觉得终于能逃离自己内心中膨胀的恐怖幻象，可自那以后心里就一直不安宁，脑中某个地方异常清醒，天黑时完全无法入睡。

就算去上课本身没有问题,但这样也根本没法继续下去。

"第一次能拉成这样非常厉害呀。虽然空白期很长,但估计是你的乐感很好吧。在副歌部分,你的肩膀有点上抬,试着多用整个手臂来演奏吧。"浅叶温和地指出问题。

这是第一节课,橘要挑战的是著名海盗电影的一首主题曲,乐曲收录在他在大厅商店买的乐谱《用一把大提琴享受流行乐》里面。

没裹毛巾的浅叶头发很长,这样的发型在公司是行不通的。尽管他身上穿的并不是在便利店买的运动衫,但也是风格十分休闲的卫衣,与上回差不了多少。

这是他们第二次见面,但浅叶讲话已经开始随意起来。

"还有就是,要更多表达出那种感觉。"

"那种感觉?"

"这首曲子的核心是出发去冒险嘛,所以我觉得应该多体现一些玩心,或者说活泼感。你看,最后这个地方音调升高,情绪也会随之高涨吧。"

浅叶"哗哗"地翻动乐谱,用手按住最后一页。他架好自己的大提琴,迅速开始演奏同一部分。看他摇着头轻快拉弓的样子,橘不禁产生"好像西方人"的单纯想法。他想起浅叶确实有那样的背景,印象中对方曾在匈牙利留学。

带着跃动感的大提琴声音在狭小的房间中快活地跳动,与刚才自己拉的迥然不同。尽管旋律一样,立体程度却是大相径庭。

那声音充满了生命力,仿佛每个音符都有血液在流动。

"差不多就是这种感觉。演奏者自己沉浸在音乐中，周围的人也会被带动。愉快的曲子要愉快地演奏，喧闹的曲子要喧闹地演奏。"

浅叶看似只是简单示范一遍而已，奏出的音乐中却好像蕴含着某种东西。

从体验课上的那段快奏中感觉不出来，但现在橘认为，这个人也许真的很会拉大提琴。

"我好像一下子说太多了。因为你原本就拉得不错，不小心就要求多了些。那我们再来一遍吧，注意放松肩膀。"浅叶说完，橘再次拿好琴弓。他很注意不让肩膀上抬，但要立刻用整个身体来表现西式的节奏还是有点难。

尽管如此，随着曲子的演奏，橘的心情也稍微轻松了些，脑海中忽然浮现出一片壮阔的大洋，这是他在家和公司两点一线的生活中从未见过的景象。

音乐真是奇妙。

它能唤起眼前不存在的光景。

"嗯，肩膀放低后效果很好。这样手臂可以充分伸展开，声音也更响亮，而且比刚才更有享受音乐的感觉。你改正得很快。"浅叶称赞道。

"不敢当。"橘说着便将乐谱翻回第一页。

这本乐谱上的乐曲著作权全都由全著联负责管理。

根据卡拉OK法理，在这间狭窄琴房中的演奏，无论是橘的练习，或是浅叶的示范，都属于侵犯演奏权的行为。

"这跟你小时候基础打得牢也有很大关系，但我想是你跟大提琴特别合得来。人跟乐器之间也分投不投缘。你给我的印象是，你在拉琴时会主动摸索怎样奏出合适的声音。你肯定有音乐家的天赋。"浅叶自信满满地说道。

橘仿佛听见有人用嘲讽的声音说"这是服务业啦"。

"那么，我们之后怎么安排课程进度？你是想专心把一首曲子演奏好，还是想演奏各式各样的曲子？有些曲子你应该很快就能上手，选择某一首认真把它练好也不错。你觉得呢？"听浅叶说要把决定权交给自己，橘顿时有些茫然。

"……我想，演奏不同的曲子应该更能放松心情吧。"

"这样啊。那我们就按这个形式来。"

开庭审理时，在课上演奏过的乐曲数量应该是越多越好。"下周就继续今天的内容，到一定程度后再换别的曲子。"浅叶将自己的大提琴放在地上。

临走时，橘把乐谱收进包里，顺手收回圆珠笔。

"我记得，你是到中学才没有拉大提琴吧？有这么长的空白期，一般不会拉得这么好。"浅叶露出亲切的笑容说道。想必他是纯粹喜欢和人聊天。

而在尽量避免与他人接触的橘看来，这甚至有些奇怪。

"是的，到初一那年的冬天为止。"

"因为你的基础真的非常扎实。曾经打算读音乐高中吗？后来要备考才不学了？"

"是的，要备考所以不学了。"橘附和着，拿起了包。确实，很多人都会犹豫是上音乐高中还是普通高中。浅叶也从椅子上站起来。

为确保万无一失，今天橘在走进琴房前便按下了录音按钮。

"下周要演奏的新曲子,现在要先定好吗,还是下周看心情再说?"

"那就下周吧。"橘随口答道。

"下周见。"浅叶露出笑容。

"这趟是往上,要坐吗?"

见电梯中一位美丽的女子笑着问自己,橘故意冷淡地说:"坐。"午休时的电梯明明总是挤得水泄不通,橘心想,自己回来得可真不是时候。

橘还在宣传部时,与总务部的三船绫香在同一层楼上班,不知为何近来她总是刻意接近橘。

"午饭又是 7-11 吗?只吃便利店的食品,营养会不均衡吧?"

"没什么关系吧。"

"咱们这附近午饭都不便宜,一顿都要一千日元以上。每天都出去吃也有点麻烦。不过如果橘先生肯陪我,我倒是愿意出去。"

橘很不擅长应对这种厚着脸皮拉近距离的行为,因此尽可能避免与她接触。除非出什么意外,这个职场他无意离开,他才不想惹上麻烦的流言蜚语。

不过,橘是唯一一个对三船有这种反应的人。在公司里,三船是一个特别的存在。俗套点说,她是众所周知才色兼备的人物。有些本来行不通的事,在她手上却顺利办成了,这种独特的手腕也让她赢得了大家的敬重。

尽管只是普通职员,三船却被允许出入办公楼最顶层。

"这边新开了一家意大利餐厅,就在大道边上的一条巷子里,公司的人估计不会去那里,下次一起去怎么样?"

"午饭我一般在自己座位上吃。"

"那晚上的时候去？你周五晚上有空吗？"

"周五晚上我有事。"橘说着在三楼走出电梯。

"那我们改天再约。"三船银铃般的声音从身后追了上来。外表看似楚楚可怜，她其实颇具攻击性。

放松下来的瞬间，橘感到一股黏稠的困意袭来，连忙用力按住眼角。

"橘，等一下。"

从会议室一旁走出来的凑良平叫住橘，他只得勉强睁开沉重的眼皮，继续往走廊深处走去。玻璃门后，档案部的办公室因午休节能而显得昏暗。

见凑一脸认真的样子，橘心中只有不好的预感。

"刚才我听到了，你跟三船小姐是在交往吗？"

橘陈述事实："只是碰巧在电梯里遇到。"而比自己大两岁的前辈依旧不依不饶地追问："那改天是怎么回事？""我也不知道。"橘不高兴的语气似乎激怒了这个微微发福的男子，他的脸色立刻变得难看起来。

"刚才管理总部有事找你，记得在吃饭前处理一下。在那里得意忘形之前，先把自己的工作干好。"

假如下次申请调动，橘心想，最好是去不必与任何人见面的地下档案室整理档案，如果真有这个岗位的话。

全著联的数据库收录了国内外约四百四十万首音乐作品的信息，档案部的主要工作就是根据词曲作者等权利人提交的申请单不断更新这个数据库。这些数据也决定了后续分配给权利人的收益。

处理数据要求谨慎细致，正适合橘的性格。

给管理总部回完电话，橘终于可以吃午饭时，又收到了新的邮件。看到英文标题，橘停下工作的手。

全著联与签有相互管理协议的海外团体之间的交流十分密切。前任职员精通外语，而这方面业务由橘接手后，每次收到海外邮件，他的心情就很沉重，用东拼西凑的模板回复邮件后，总会担心自己有没有写出什么奇怪的东西。

他想，也许应该学一学英语。

试着去考个 TOEIC[①] 还是什么的。

橘一个人住，准时下班，时间多得用不完。在离开人世之前，自己这辈子究竟该把时间花在什么地方，他完全没有头绪。

显示器旁边放着按惯例分发给每个工位的台历。

橘只在睡眠障碍门诊的预约日上画了如针孔般微小的圆圈标记。这就是他目前全部的计划，因为没有朋友也没有恋人，他没有其他约定。

橘到外地工作后，学生时代由于环境因素还能维持的友谊便如流水般一去不复返。每次进入人生新阶段便会与朋友失去联系的橘，参加工作后也没有人特别关心他，而他自己也并不渴望被关心。因为讨厌看到太多通知堆在一起，有次他关闭了群消息的显示，他们的动静也忽然就此中断，手机几乎不再发出响声。

有些人会在婚礼上播放的那种平凡恋爱回忆，橘也不是没有，只不

[①] TOEIC：托业考试，由美国教育考试服务中心（ETS）开发的、专门针对在国际工作环境中英语交流能力的测评标准和考试。

过，他对这些事的兴趣比别人更早消退。他极度神经质，有其他人在旁边就无法入睡，甚至哪怕只是有人来他房间，他也会坐立不安。即使向女朋友吐露这些烦恼，也从未得到对方的理解，到最后他往往被说成是坏人，还会传出一些不好的流言。

随着年纪渐增，各种鸿沟也拉得越来越开。橘感觉只有自己一个人无法登上周围人轻松搭乘的那艘船。

离开仙台分公司时，当时交往的女朋友表示想跟橘一起走，瞬间他有一种难以言喻的不快感，同时也彻底死了心。

他看到，幻想中自己能过上普通人生的泡沫，"啪"的一声破裂了。

橘与女友分手，预约好单身搬家服务后回到东京。独自打开空无一物的新家大门那刹那，他感觉自己似乎已经从这个世界上消失得一干二净。沐浴在明媚的春光下等待搬家公司上门时，他忽然决定将工作以外的所有通知全部静音。

这间六叠①大的屋子除了定期检查消防设备的操作员以外无人来访，室内阳光充足，尽管狭小却很舒适。房间东西不多，怎么都不至于变得凌乱，但原来的垃圾桶在搬家公司的货车中被挤坏了，而橘到现在都没买新的，因此总有一个透明的垃圾袋敞着口，垂头丧气地待在地板一角。

在回家的电车上，橘一如既往戴着耳机随便听广播节目，突然想起明天是周五，便顺手搜索"大提琴"。音乐流媒体软件上出现的第一个结果是古典大提琴名曲集。点击播放音乐列表后，广播的声音戛然而止，取而代之的是优美的弦音。

---

① 叠：日本房间面积的计量单位，一叠约为1.62平方米。

出神地沉浸在音乐中时，橘意识到自己可以听大提琴的声音。

只听琴声并不会有那种心悸的感觉。

那么究竟是什么唤起了他的恐惧？橘思索后，觉得可能是大提琴的外观，那种形状令他不安。

橘轻轻闭上眼睛，琴声在脑中舒适的区域不断回荡。

弦乐器中，据说大提琴的音域最广。它既能奏出小提琴那样高亢的音色，也能发出低音提琴那样厚重的音色。最接近人声的乐器也是大提琴。

沉醉在美妙的音色中时，橘突然开始担心自己奏出的大提琴音色。虽然已有十多年没碰过琴，但他认为自己还是记得该怎么演奏，视奏[①]也能勉强应付，然而拉出的声音却十分浑浊，根本无法与这种优美的演奏相提并论。

清澈的弦音将因日常琐事而散乱的意识汇聚在高处。

大提琴原来是可以发出这种音色的乐器。

"咚"，不知被谁撞了一下，橘睁开眼，从馥郁丰盈的音乐世界一下子回到挨肩擦背的车厢内，周围景色显得寒碜而陈旧。

"进入这个 B 段旋律的前面稍微拉长一些吧，音高也有点偏低了。你全身都很僵硬，再放松点，一紧张肩膀就会抬得越来越高。然后副歌部分拉得更有深度一些就很好了。"说完，浅叶从副歌开始示范。这次演奏的是一首橘也很熟悉的老电视剧主题曲。

---

① 视奏：在没有事先准备的情况下阅读和演奏一段乐谱的行为。

究竟为什么会差这么多？橘边想边紧紧盯着轻快飞舞的琴弓。看似轻松的演奏，发出的声音却与自己有天壤之别。

高音仿佛沐浴在阳光下的蜜，在空中熠熠闪烁。

橘可以按乐谱奏出旋律，但也仅限于此。他还没法引出大提琴独有的深沉音色，只是平坦地演奏出一个个音符而已。

根本没有"奏响"乐器。

"就像这样，特别是副歌部分要舒展开，拉得更细腻些。那么从头再来一遍吧。"

"那个，"开口的时机正好打断对话，橘感到异常尴尬，"……怎样才能拉出更好的声音呢？我拉出的音色跟老师完全不一样。"刚说出口橘就感到羞愧，课后一次都没练习过，怎么可能拉好乐器？

浅叶是专业的。

即使模仿他，一时半会儿也不可能拉得跟他一样好。

"是不是因为我说要拉得更有深度一些？"浅叶露出心领神会的表情，抬起胳膊摸了摸自己的后颈。这可能是他的习惯，手掌反复抚着脖子。

"也有这个原因，只是我自己拉琴的时候，感觉声音一点儿都不好。"

"具体是什么感觉？"

"感觉顶多就比地面高一点五米。"

"啊？"也许是因为橘省略了所有的说明，浅叶忽然抿嘴一笑，"抱歉，你接着说。"

"……您认为奇怪的话就算了。"

"不奇怪，只是你突然一本正经地说这个，有点好玩。你是指大提琴声音范围给人的印象吧?"浅叶打圆场道。

"是这样。"橘小声回答。

浅叶的大提琴声在脑海中很高的地方回荡。

"也就是说,在你听来我的琴声在更高的地方回响,我很荣幸。你觉得大概是在哪个高度?"

"有时比较高,有时比较深,这首曲子大概是钟楼的高度吧。"

"银座?"

"伦敦。"

"这也太抬举我啦。"浅叶再次忍俊不禁。

"虽然很高兴,但怎么说我也够不着大本钟。你说自己的琴声只比地面高一点五米,也过分谦逊了。我觉得你拉琴的声音还是很不错的。"

"大概是几米高?"

"按这个标准的话,大概三米高吧。"浅叶竖起三根手指,"严格来说是三米。你在忙其他工作的同时还能拉出三米高的声音,我觉得已经非常好了。不过,你是不是不太喜欢被人夸奖?"

"这倒不会。"

"那就是我还没得到你的信任了。"

"只是我以前上课的时候很少被夸奖。"橘回应道。"也有这个可能。"浅叶轻轻交叉起双臂。

"言归正传,这个问题确实很难回答。怎样才能拉出好听的声音呢?"

"要多练习对吧。抱歉,突然问了个奇怪的问题。"

"但你说过家里和工作环境上条件都不太允许。你住的是低层公寓还是住宅楼？上下班坐电车不方便带乐器的话，暂时从这里再租一把大提琴放在家里，上课的时候空手过来，继续用这把练习，怎么样？"

听到浅叶具体的建议，橘一下子被拉回现实。

自己来这里学琴不过是任务的一环，太投入有什么用？

"然后在集合住宅估计很难练琴，晚上或周末可以去卡拉OK练。"

"……不好意思，虽然是我先问的，其实现在我下班回家的时间很晚，而且周末也经常要上班，除了在这里上课以外，没办法再挤出太多时间。"

"工作那么忙？什么类型的工作？"

"公务员。"橘撒了个谎。"这样啊。"浅叶回应道。

"这样的日程确实很辛苦，根本没空考虑练琴。"

"实在不好意思，难得您为我想了这么多办法。"

"你不用道歉啦。"浅叶笑了笑，橘却不知该怎么搭腔。

在避免与他人发生摩擦的生活中，他甚至都忘记如何进行这种微小的交流了。

"学乐器的时候带着这种疑问是很重要的。没事，等你不忙的时候，再考虑租琴回家练吧。最重要的是，别因为工作太忙累坏身体。"

橘只说自己是公务员，不知怎的又多出工作繁忙的设定，今后随着闲聊次数增加，这些虚构的设定没准会越来越多，到最后连自己都分不清真假。

课程快结束时，抬头看钟的浅叶轻声说了句"啊"。

"刚才说的问题，归根结底还是时间太少的原因，所以我想，还是减少曲数怎么样？现在是你先视奏，我给出反馈后你再演奏几次就换下一首。不如换个方针，专注于同一首曲子，认真仔细地练习？不过还是看你喜欢哪种方式了。"说着浅叶摊开手掌。

"……嗯。"

"没事，我就是说一下，刚才没讲清楚。"

橘想象着终将在东京地方法院上演的证人质询场景。站在证人席上的自己，恐怕得公开在浅叶课上学习的细节吧。

"我还是觉得多演奏一些曲子更能起到调节心情的作用。"

"是吗？"浅叶再次抬头看钟。正好到下课的时间。

"那么下周见。注意不要过劳了。"

沿大楼梯往下走，橘漠然俯视着华丽的大厅。下方宽敞的休息室一角，有个背着大提琴盒的学生。

看到那个形状，心脏还是跳得很凶。在课上拉大提琴时明明觉得大脑变得澄澈，内心和身体却是相反的。

今晚恐怕也睡不着。想到这里他有些忧郁，但也确实感受到了充实。

尽管拉得不怎么样，但拉大提琴还是很开心。

周五晚上的二子玉川站前人头攒动。地上三米有多高？走在熙熙攘攘的人群中，橘忽地仰望城市的夜空。

七月上旬，盐坪叫来橘，说是起诉状已经送达。

"据说今天刚收到。漫长的战争要开始了。"

地下档案室里钢制书架排列井然，天花板比其他楼层略高。老空调的声音突然变大，橘下意识地抬头看了一眼，不由得琢磨起那个位置有几米高。

"有一个好消息和一个坏消息。先说好消息，三笠方面主动提出想和我们协商著作权使用费的具体规则。"

"这是要和解的意思吗？"橘有些意外。

"不是，"盐坪摇摇头，递给他一份报纸复印件，"我们会在法庭上全面对决。"

看完用小字印刷的文章，上面写得全著联简直是个坏蛋。

"不过，这就相当于三笠认输了。毕竟他们一直主张音乐教室的课程根本不涉及著作权，现在却主动要求讨论著作权使用费的问题。"

"是不是因为他们另有盘算？"

"没错，接下来就是坏消息了。"盐坪苦着脸低下头。

"如果这次协商不成功，文化厅厅长可以命令重新进行协商。而如果重新协商后仍然无法达成协议，三笠方面可以申请由文化厅厅长进行裁定。假如'在音乐教室内的演奏等'的新规实施之前，三笠就申请裁定，那么在文化厅做出裁定前，全著联就无法实施新规，也就不能向音乐教室收取著作权使用费了。"

也就是说，即使文化厅做出不利于三笠的裁定，支付著作权使用费的义务也无法追溯到过去。盐坪恨恨地歪了歪薄唇。

"我们原本计划从明年一月一日起开始收取费用，但现在只能从裁定日之后开始收取，可谓损失巨大。他们是真能出主意啊。"

"既然这样，我的卧底时间是不是也有可能缩短？"

"不能追溯到过去的话，卧底两年也没什么意义。"橘喃喃道。

"这你不必担心。"盐坪抬着发际线明显后退的前额看向橘，"我一开始就说过吧？小心驶得万年船。"

"我明白了。"

"学得开心就好。你装作热心学习的样子实在很逼真。竟然用大本钟来奉承讲师。"

盐坪嗤笑一声。橘不禁怀疑自己是不是听错了。

"……每份录音您都听吗？"

"怎么可能，我才没那么闲。"

"只是要掌握一下情况。"低声说完后，盐坪沿着档案室雪白的走廊离去。

橘一直认为给自己一个闲差就行，当档案室的整理员也无所谓，但他并不想失去工作。

他不想因为什么莫名其妙的误会害自己的处境变差。

考虑到盐坪也许会出于某些原因认真回听录音，橘认为自己不应该轻率行事。万一盐坪追问为什么中途故意减少乐曲数量就麻烦了。

然而，橘依然希望让大提琴的声音回响在比现在更高的地方。

❹ 忘记录音

☾

浅叶的大提琴能够飞翔。如果自己也能奏出那样的音乐，或许就能彻底摆脱深海的噩梦。

橘的老家建在松本地区最好的一片土地上，尽管围墙又长又气派，主房和庭院却已经破败。为了在邻里间维持体面，只有围墙的清洁和修缮会定期进行，所以乍看之下是一座相当不错的宅邸，而实际上情况相去甚远，橘家没有多少可以自由支配的资金。

　　橘从小就对他人的目光十分敏感，这也跟这座宅邸的样貌有些关系。由于他是"从那座豪宅里出来的可爱孩子"，在邻里间总显得格格不入，而如果那个孩子还背着个大型乐器走在路上，就更容易吸引视线了。

　　在外祖父的建议下，橘开始学习大提琴。因为老师太严格，他不怎么喜欢上课，但很喜欢大提琴这件乐器。不是小提琴，也不是中提琴，就是大提琴才好，光是它巨大的轮廓看起来就很帅气了。

　　家里的走廊有些地方都腐烂了，根本不能踩，幸好院子很大，橘不愁没地方练琴。他也没有其他娱乐，因此一有时间就抱着琴练习。外祖父与他的女儿，也就是橘的母亲关系非常差，所以母亲对大提琴没有什么好脸色，不过橘也没放在心上，敷衍过去就是了。

　　父亲在橘还没记事前便离开宅邸，而他对此并不在意。脾气暴躁的母亲，同样脾气暴躁的外祖父，无动于衷的橘，三个人意外地可以凑合过日子。遇到母亲和外祖父吵架，互相破口大骂的时候，橘就去院子里拉沃纳的曲子，根据过去的经验他知道，过一段时间问题自然就会解决的。

现在回想起来，当时并没有什么严重的问题，当他还在拉大提琴的时候。

橘直到黎明都没能入睡，好不容易刚进入浅眠，手机闹钟却无情地响了起来。他疲惫至极，连伸手关掉闹钟的力气都没有，呆看着床边的墙壁好一阵子，响个不停的电子声让他的心情愈发沉重。

今天是周五。接下来橘要起床洗漱，出门挤进人塞得满满的电车去上班，筋疲力尽地结束一天的工作，还要搭乘公交车去二子玉川。

好累，他想。

从什么时候开始变得这么累的？从去三笠卧底那天开始？还是从第一天工作开始？抑或是更早以前，从事件发生的那天开始？

自己只是想安静地睡一觉而已，什么心理咨询室啊。

橘坐起来，感觉头痛欲裂，他用指尖按住太阳穴。每个做了噩梦的早晨，太阳穴总会疼。家里应该还有止痛药。即使稍微休息一下，现实也不会有任何改变。

"你的脸色看起来不太好。"

下班后，橘坐上去一楼的电梯，随后进来的盐坪忽然抬头看着他的脸。实际工作中几乎没有交集的盐坪在档案室外与橘说话其实颇为罕见。

"早点回去休息吧。虽然你还年轻，也不能太勉强自己。"

"……但今天是周五。"

"偶尔一次不去也没关系啊。日子还长着呢。"

"只是练一会儿乐器再回家而已。"橘似笑非笑地嘟囔了一句。"真认真啊。"透过钛制镜框，盐坪的眼神带着笑意。电梯门开了，橘走到前厅，问询台的职员朝他的方向点头致意。当然，对象不是橘，而是盐坪。

"热心工作是好事，但适当休养也是工作的一环哦，小橘。保重啊。"

上司潇洒离开后，过了一会儿橘也从正门走出去。近几天气温骤升，东京的炎热夏季已经提前来临。潮湿的热风更是消耗了橘的精力和体力。

看见公交车正好停在最近的车站时，橘不由得小跑几米赶上公交车。气喘吁吁地上车后，却发现已经没有空座位。他感觉头脑昏昏沉沉，思绪难以集中，手无力地勾着吊环，头顶直接被车内的空调吹中。

摸着胸前的圆珠笔式录音笔，橘心想，千万别忘。除此以外脑中一片空白。他必须在三笠录音。仅此而已。

到达三笠音乐教室华美的大厅时，橘缓缓抬头欣赏这个奢华的中庭。精致的休息室里空无一人。

一个人站在那里，日常生活仿佛离他越来越远。

感觉好像来到另一个世界，一切都失去了颜色，只有眼前这个特别的空间在呼吸。

打开琴房大门的那瞬间,橘按下圆珠笔的录音按钮。做完这个动作,紧绷的弦一下子就断了。

似乎察觉到气氛不对,浅叶刚看到橘就站起来。

"咦,你没事吧?"

"对不起,我有点……"

话还没说完,橘就撑不住跌坐到平时的椅子上,身体往前弯倒,整个视野被地板占据。

"糟了。你等下,我去拿水。"

听到浅叶焦急的声音,橘勉强转动脑袋,见他伸手去拿内线电话,连忙说道:"我没事。"万一事情在这里闹大就麻烦了。

"你乖乖坐好!啊,不好意思,前台有没有盐糖之类的东西?可能中暑了。不,不是我,是小橘。"

"盐分马上就来,你先喝水。"说着浅叶打开瓶装水硬塞到橘手里。橘只好喝了一口,喉咙确实很干渴,再喝第二口、第三口后,感觉呼吸稍微顺畅了一些。

"咚、咚",敲门声响起,前台的那位女性来了。

"没事吧?要叫救护车吗?"

"不用,真的,我没事。"

"不,不,还是叫救护车比较好。"橘的话被浅叶打断。拿着浅叶塞给他的已经撕开包装的盐糖,橘拼命拒绝这个提议。

"我只是因为工作一直睡眠不足,然后走过来的时候有点不舒服……所以真的不用叫救护车。"

橘再次回绝后,前台的女性终于点头:"好的。"浅叶则皱起眉头:

"说真的？"

"里面有折叠椅，要不要拼起来躺一下？坐这把椅子会难受吧？"

"我稍微休息下就好了，不好意思，再坐一会儿就好了。"

"既然本人这么说，就让他安静地歇一会儿吧。"前台女性用理智的声音劝说道。浅叶又问了一遍："真的可以？"橘重重点头。

"有什么事马上打内线电话给我。"说完，前台女性调暗灯光离开，房间安静了下来。橘弯着身子闭上眼睛，身体不舒服的感觉逐渐减轻。

盐坪说得对，今天直接回家就好了。卧底的时间长得很，缺席一两次并不会影响成果。反而是万一真叫救护车，浅叶看到橘的健康保险证，麻烦就大了。他的保险类型可不是公务员加入的共济医保。

橘的思绪不停打转，突然意识变得模糊，又感受到那种讨厌的感觉。

仿佛幽暗的深海正悄悄逼近，令人不安的感觉。

"……那个，非常抱歉。"

过了一会儿，橘慢慢抬起上身靠在椅背上，坐在房间一角的浅叶举了举手示意。

琴房里的空气干燥而舒适。

"好点了吗？"

"还可以。"

"那就好。你刚到的时候，脸色很吓人。"

"抱歉给您添麻烦了，还劳烦前台过来……"橘指着瓶装水，"这个一百六十日元够吗？"

"这种事根本无所谓。"浅叶无奈地说道。

"身体不舒服的时候不要去担心别人的一百日元。没这一百日元我也不会死。"

浅叶看起来有些生气："因为工作太忙，困得人都倒了，这也太糟糕了吧。"虽说因为工作是谎言，但睡眠不足是事实。

"你该不会每天都坐末班车回家？政府部门还真是够狠的。"

"最近一直是这样……"

"那不就除了工作以外什么都做不了吗？得吃点美食，睡饱觉，有空就悠闲地玩一玩音乐，不然会生病的。人得多为自己而活。

"不要在意一百日元这些小事了，工作场所这类一百日元的事也全都赖账赶紧回家。"浅叶说。

"那不就成小偷了？"橘不由得吐槽。

"我只是打个比方。"浅叶挠了挠后颈。

"别以为自己还年轻就不当一回事，真有可能死的。日本人都太过劳了。好不容易挤出时间来上课，结果身体不舒服什么都拉不了，那也太伤心了。今天估计连拿乐器都难吧。"浅叶说。

橘也觉得确实如此。这让他搞不清楚自己为什么特意来这里。

"反正还有时间，你就这样休息也没关系。只是有点过意不去，毕竟我们收了学费，但这里不能因为学生的原因调课。现在直接听到乐器的声音会不会感觉不舒服？"浅叶问道。

"不会。"橘摇摇头。

"那我拉点什么吧，来一趟也不容易，我拉首安静的曲子。不用像平时那样认真看我的运弓，就那样坐着放松听。"

说完，浅叶将琥珀色的大提琴抱在胸前。

估计是因为灯光调暗了，橘感觉肩膀的力气逐渐放松下来。

"音乐有治愈人心的功效。"

"……就是所谓的疗愈音乐吗?"

"那算一种音乐类型吧。无论哪种类型,音乐都能拯救人心。毕竟还有一个叫音乐疗法的领域呢。"

浅叶的低语声听起来有些遥远,黏稠的睡意再次覆盖上橘的意识。

"你喜欢小野濑晃[①]吗?"

这是橘也知道的著名作曲家。他创作了许多电影音乐,其中有不少超越时代的经典名曲。

"对疲惫的人来说,小野濑晃的《雨日迷途》是不错的选择。曲子旋律优美且细腻,只靠一把弦乐器也能很好地表现出来。"

浅叶架好弓的瞬间,"面向公众的演奏"这个短语在橘的脑海中闪过。而当清澈的大提琴声响起时,他的意识突然滑落。

十二年前,橘在上完大提琴课回家的路上差点被绑架。

严冬中,在一条阴暗小巷里突然被人从背后抱起时,他完全不明白发生了什么。视野突然剧烈晃动,只有绑在旁边混凝土砌块墙上的大提琴教室招牌映入眼帘。

橘无法理解眼前的状况,一时间他以为是溺水了。

自己仿佛正被拖入一片深不可测的海底,强烈的恐惧感密密麻麻布满大脑内侧,几乎要把脑海撑炸。

快被拉进车里的那一刻,橘背上的大提琴箱重重撞在面包车的门框

[①] 小野濑晃:作者虚构的作曲家,下文的曲名等也为虚构。

上。"哐!"听见一声巨响的同时,一辆误入单行道的出租车的前灯正好直射过来。

橘马上被踢出车外,毫无防备地摔在地上。

而他仍然不清楚发生了什么,为什么脸颊火辣辣地疼,视线为什么在柏油路上游走,大提琴有没有摔坏,只有这些杂乱无章的疑问在脑中不断盘旋。

这次事件成为家庭出现决定性裂痕的导火索。母亲将扭曲的愤怒发泄到让橘学大提琴的外祖父身上,而年迈的外祖父愤怒的矛头混乱无章,谁也安抚不了。事件的传闻不知从哪泄露出去,四处扩散,让本就有些格格不入的橘显得更加奇特。

面板破裂的大提琴最终被外祖父擅自烧毁在庭院中。少年橘仅仅站在廊台下,望着袅袅升起的黑烟。

仿佛从陌生的外国高塔上传来的美妙音色,轻轻抚过紧紧封闭的灵魂边缘。如清晨细雨般柔和的旋律悄然落在心田。此时此刻,唯有音乐才能触及最深处。

橘缓缓睁开眼睛,好似在摸索乐音消失的空间。微弱而柔和的灯光下,三笠音乐教室琴房的样貌逐渐显现在眼前。

他感到自己似乎经过多次辗转又回到了原点。这种奇妙的感觉让他头脑有些恍惚,就像是意识被剥去了一层薄膜,眼前的世界显得焕然一新。

"刚才大概有几米高?银座还是伦敦?"浅叶用开玩笑的语气询问

感想。

"伦敦。"橘答道。那认真的语气让浅叶忍俊不禁,笑得连肩膀都在抖。

"……我没有开玩笑,真的很好听。"

"具体哪里好?"

"怎么说呢,感觉像在陌生人家的庭院里一样。"

橘这才意识到自己刚刚竟有一瞬间睡着了。如纠缠着的丝线终于解开般无比难得的感觉,全身不再僵硬,讨厌的紧张也在慢慢减退。

他预感到,此刻自己可以不被噩梦追赶,安然入睡。

"橘先生每次都能给出很棒的感想呀。那么今天就好好吃饭,好好睡觉,工作千万别太拼命。如果没有好转就去看医生。下周要恢复健康,精神饱满地来这里哦。"

"那个,我工作最忙的时期快要过去了。"像从喉咙深处挤出来似的,橘低声急促地说道,"所以我有时间了。我想租这里的大提琴。"

"因为上下班不方便携带,所以可以像您说的那样,上课的时候租用琴房的琴吗?我住在公寓里,不过附近有卡拉OK。"

琴房的门被推开时,录音笔还在工作。

"租琴当然没问题。既然工作不再那么忙,那再好不过了。"

"还有就是,课程的内容。"橘鼓起勇气说,"我想还是改成专注于拉好一首曲子,可以吗?"面对这份真切的热情,浅叶露出笑容。

橘做深海的噩梦时,那里没有陈旧的潜水艇,也没有丑陋的鱼。弥漫于其中的黑暗,是大提琴教室后巷的颜色。

橘照例被叫到地下档案室汇报工作，盐坪向他询问进展情况。

"课程还是一如既往，没有什么新鲜事。只是……"

"只是？"

"可能是那天身体不舒服还去上课，我不小心忘了录音，非常抱歉。"

橘假装平静，嘴角却不自觉地放松了。盐坪也对这个难得表现出开朗的高个子部下展露笑意。

"以后要注意。身体好些了吗？"

"托您的福。我好好睡了一觉，感觉精神多了。那天如果听您的建议直接休息就好了。"橘苦笑道，目光滑向排列在书架上的文书背脊。

这种程度应该没事，他想。即使以后录音数据会被逐句回放，也不太可能讨论到对待课程曲目的学习方式。只要没听到前阵子的那段对话，就不会暴露。再说了，无论演奏的曲目数量多寡，三笠侵权的事实都无法改变。

自己稍微认真些对待大提琴课也没什么问题吧。

那天上完课后的晚上，橘沉沉地睡了一夜，醒来后，眼中看到的房间好像变得和以前不太一样。经过适当的休息，大脑感到一片宁静，周六午后时间的流动似乎也变得缓慢。

一种没有根据的确信莫名激发出他的动力。

浅叶的大提琴能够飞翔。如果自己也能奏出那样的音乐，或许就能彻底摆脱深海的噩梦。

浅叶老师交流会

要以自己满意的方式生活，
真的很难。

从浅叶手里接过一张学园祭①传单风格的纸张,橘抬起头问:"这是什么?"画着时尚卡通插图的纸面上,有像是中学生手写的文字——"浅叶老师交流会"。

露齿而笑的浅叶得意扬扬地扬起下巴。

"顾名思义,就是以我为中心的交流会。"

"是聚餐吗?"

"就是在这里上大提琴高级班的学生们聚在一块儿交流。我有个学生在餐厅工作,聚会地点就在那儿,菜很好吃哦。聚会的气氛很好,有空你也来吧。"

听到浅叶邀请,橘确认了下传单上的日期。

时间是下周六晚上,地点在二子新地站附近的一家餐厅。

"虽然不在同一站,但距离不远,可以从这里走过去,穿过那条河就到了。"

"有空我会去的。"

---

① 学园祭:日本校园的开放日活动,可以邀请其他学校的人来参观。

"不要用这种委婉的说法来拒绝。"

"那我去。"橘脱口而出。浅叶则笑着说:"但我们不强制参加就是啦。"浅叶简单干净的 T 恤打扮,让下班后的橘很是羡慕。

"聚会的氛围真的很舒服。你平时也很少有机会和其他学大提琴的人交流吧?学生的年龄段都不同,你来大家都会很高兴的。"

站在自己的立场来考虑,了解一下三笠学员的氛围应该也没有坏处,还可以给逐渐变成例行公事的定期报告加一点小话题。橘上的是一对一课程,所以从未与其他学生交流过。

"……如果可以的话,我参加。"

"啊,真的吗?那我跟他们说下。

"毕竟同龄人很少,我很开心。"听浅叶这么说,橘不由得想,中老年人应该比较多吧。他在大厅遇到的学生大多是年长者。

说实话,橘自己也有一些兴趣。他从未和学大提琴的人聊过天,也不爱参加人数很多的聚会,但如果相信浅叶的话,应该不至于在聚会上过得不开心。浅叶看起来很能干,即使发生什么问题,他也会帮忙恰当处理掉。

反正自己迟早会离开,所以心情也比较轻松。如果把它看作是一个限时的圈子,参加一下也无妨。

偶尔和人一起吃饭也不错。这是橘少有的念头。

"那我们继续上次的内容吧。进入副歌之前还不连贯的部分,现在能流畅拉出旋律了吗?"

一被问到上周的课题,橘就感到有些紧张。最近浅叶的指导严格了不少,与最初相比判若两人。

自从租了一把大提琴放在家里，橘的生活彻底改变。

这把住进冷清房间里的大型乐器，无比可靠地填补了橘内心的孤独感。同时房间地板也被填满，小小六叠地板的可见面积只剩下可怜的一点点。即使把大提琴收进硬壳琴箱，竖立放置仍有风险，因此为防止损坏，将大提琴平放在床边地板才是正确的选择。

多的是空闲时间的橘，把时间全都投入到大提琴上了。

即使是工作日的晚上，他也会带乐器到卡拉 OK 中练习，周末则会选一天买个不限时套餐，在包厢里练很久。一旦沉浸在演奏中，时间就会飞快流逝。因为长时间按压琴弦，他的左手指尖变得又硬又肿。

或许是这些变化造成的影响，最近橘睡得很好。

"练习的成果很明显啊。跟上周相比脱胎换骨了。听起来越来越像演奏了。"浅叶笑着说。橘顿时感到一阵轻松。他自己也觉得，与上周相比音色确实有所改善。

"自主练习是好事，但要小心腱鞘炎。时不时做一下伸展运动，特别是练习前后一定要拉伸。小橘你好像不管做什么都容易过度投入，所以也要多考虑一下你的手臂。

"副歌部分的颤音要用指腹更用力地按住。"浅叶指出问题后，橘盯着自己放在指板上的指尖看。浅叶拿起自己的大提琴，做出同样的按弦动作。

"拉这种抒情曲不要竖起手指，让指面更多接触到弦会比较好。对，稍微平放些。然后不要过度关注运指。"

说完，浅叶示范了一遍。

"拉大提琴的关键在于弓法"，这句口头禅浅叶不知说了多少遍来提醒橘。

　　随着反复练习和精准指导，橘奏出的音色变得越来越优美。就像剥去多余的薄膜，琴声中的杂质渐渐消失，偶尔可以拉出自己也认为"还不错"的声音了。

　　一直缠着橘的，对大提琴的模糊恐惧因此消散了。真实的声音驱散了曾经不断膨胀的黑暗想象。

　　早晨醒来时，橘首先想到的是当天的练习。

　　"咦，今天你坐公交啊。"三船绫香对橘打招呼。"真巧呀。"橘慢慢摘下耳机，暂停播放音乐。

　　离全著联最近的公交站每十分钟一班车。运气真不好。

　　"橘先生家住在哪儿呀？今天是要出去吗？"

　　"有点事。"橘回答。"有事啊。"三船笑了笑，整齐的牙齿几乎可以直接拍成海报。她下班后仍然充满活力的站姿，让橘感受到自己所没有的那份坚韧。

　　"你刚才听的是音乐吗？还是在看视频？"

　　"音乐。"

　　"噢，你平时听什么音乐？我有点好奇。"

　　"没什么特别的。"橘冷淡地回了一句，心里盘算着干脆假装接电话离开这里。然而就在这时，天开始下起小雨，公交站外地面的颜色一下子变深。

　　盛夏轻盈的雨滴"啪啦啪啦"打在站台的顶棚上。

　　"天气预报明明说今天是晴天啊。橘先生，你带伞了吗？"

"看这情况应该很快就停吧。"

公交好慢啊。橘若无其事地走近站牌。没想到三船也朝他走近一步。橘只好无奈地沿着时刻表移动指尖。"咦？"背后传来好奇的声音。

"橘先生，你玩弦乐器吗？"

完全没预料到的问题让橘不由得转过身去。三船则毫不在意，伸手将整齐的长刘海顺到一边。

她是一位聪慧的美人，令人联想到优美的白天鹅。然而难以捉摸。

"弹吉他之类乐器的人指尖会长茧嘛，特别是刚开始学的时候。橘先生，你该不会偷偷在玩乐队？虽然我喜欢的是古典音乐，乐团类型的也很喜欢哦。"

"我没玩那些。"

橘保持着冷淡的态度，内心却微微有些动摇。他的指腹按在公交车时刻表指示牌上，三船应该看不到才对。

不久公交车到站，由于突如其来的阵雨，车内十分拥挤。在其他乘客的推挤中，三船的身影消失了。

经过东急线二子玉川站，跨越东京和神奈川交界的多摩川，来到二子新地站，周围的环境突然变了。二子玉川站周边设计偏都市风格，拥有大型购物中心，且以亲子和年轻人为主要目标客户，相较之下，二子新地站周围显得格外宁静。

举办浅叶老师交流会的周六晚上，橘第一次在这个站点下车。出站后，他按照手机地图的指示沿着商店街行走，身边的风景从华美的三笠大厦转为充满亲切感的低矮建筑。

听着耳机里传来的轻快音乐，橘找寻着店铺，不禁有些兴奋，一点都不像平时的他。播放的曲子是巴赫的《无伴奏大提琴组曲》第一组曲中的库朗特舞曲。

对于喜欢大提琴音色的橘而言，独奏曲最能打动他。由第一到第六组成的这套组曲，被称为"大提琴界的《圣经》"。那芬芳四溢的甜美旋律，淡淡地熏陶着听者的耳朵深处。

小时候上课的那间大提琴教室，老师从不让橘演奏这些有名的乐曲。他认为直接听曲子会削弱读谱能力，所以一直让橘练习那些找不到音源的练习曲。

大提琴有力而深沉的音色固然动人，但要演奏得轻盈自如却不容易。听着节奏明快的音乐，橘脑海中浮现出古老西洋酒馆里，众人一同起舞的画面。

希望有一天能演奏这样的曲子，他想。

同时他也知道，自己无法向浅叶学习古典音乐。

橘顺着餐厅"Vivace"①的楼梯走到地下，店内比从狭窄的入口看起来要宽敞得多。店里的气氛快活又热闹，顾客也很多。尽管意大利风格的装潢十分时尚，却给人不限定客群的亲民感，橘觉得这家店挺不错。

"啊，来了，"里面座位上有人挥手喊道，"小橘，这边。"

橘轻轻点了点头。浅叶并没有特地拉高嗓门，但声音依然清晰可闻。

那张桌子上还有五个人，年龄各不相同。和橘年纪相仿的只有浅叶，

---

① Vivace：意大利语音乐术语，意为"活泼"。

其他人要么是学生,要么比橘年长不少。

"我是最近开始学琴的橘。今天请多关照。"

橘坐到浅叶的斜对面,立刻感到所有人的目光都集中过来,他一时有些不自在。太久没有进入工作以外的集体中,他找不到话题来开启对话。

首先开口的是一位气质优雅、刚进入老年的女性。

"哎呀,老师……这我可没听说啊。"

她轻轻推了推浅叶,纤细的手腕上戴着金色的手镯。她看起来有六十多岁,但穿着时尚且独特,黑色卷发在肩上利落地剪短,耳朵和脖子上大大的饰品反射着光芒。

"带这么厉害的孩子来,你要早说呀。我会改菜单的。"

"这什么意思?小橘,你选个饮料。"

从两人随意的对话可以看出这里的氛围。橘接过递来的菜单选好饮料,正好服务员走了过来,便告诉服务员要香蒂格夫①,耳边听到那位戴手镯的女性低声说"那就上菜吧"。橘心想,那位经营餐厅的学生应该就是她了。

橘作为新成员受到众人欢迎,一齐干杯后,桌上的气氛变得柔和起来。

"那个,有可能……"

对面座位上的女孩小心翼翼地开口,橘转头看向她。女孩给人一种淳朴善良的感觉,约莫大学生的年纪。既然在这里,她应该不是未成年

---

① 香蒂格夫:Shandy Gaff,用啤酒和姜汁汽水调配而成的鸡尾酒。

人，但换个角度看，她也像个高中生。

"橘先生，我们是不是在休息室见过一面？"

"啊？"

"我想大概是两个月前吧……"

估计是橘露出了"我完全没印象"的表情，女生有些尴尬地摇了摇头："可能是我记错了。"

不待橘解释，"绝对错不了啦，"戴手镯的女性哈哈大笑，"又不是电影或电视剧，他这样的人可不是到处都有的。即使对方不记得见过，我们自己也会有印象。"

她问橘："你的名字是什么？"

"我叫树。"橘回答。

"那就叫你小树吧，"这位有点年纪的女巫气质的人微微一笑，"我叫花冈千鹤子。小树是做什么的吗？是的话给店里留个签名吧。"

"做什么是指什么？"

"演员、模特之类的。我不怎么看电视。"

"他是公务员。"浅叶一脸无奈地插嘴。"哎呀，原来是普通人啊。"花冈语气惊讶。说话间，烤蔬菜沙拉和腌渍竹荚鱼已经端上了桌。

"别一下子就对新人盘根问底啊，花冈女士，看小橘都被你吓到了。"

"万一他是知名演员，只是我不知道而已，那不就亏大了嘛。没准他是因为要扮演电影电视剧里的角色，才偷偷来上大提琴课。"

"这什么理论。"浅叶接着说，"想要签名的话，我签给你。"花冈大笑起来。坐在橘对面的女孩帮着说道："老师的签名肯定也有价值的。"花冈则像对待孙女一样温柔地夸奖她："小澄真是个好孩子。"

这位名叫青柳佳澄的大学生被大家称作小澄。

"橘先生，您之前是在其他地方学大提琴吗？您说最近开始学，是指最近开始在这个教室上课吧。因为这是高级班。"

桌上一位稳重的年长男性问道。对他礼貌的遣词用语，橘感到有些惶恐。

男性名叫蒲生芳实，看起来很是友好，据说是继花冈之后年龄最大的学生。他那细瘦而白皙的脸上总是挂着笑容，天生带着一种优雅的气质。

"我小时候学过一点，中间有很长的空白期。"

"哦，您小时候就学过啊。"

"因为工作后有了空闲时间，就想再拉大提琴。"

橘突然想到，这和自己在体验课上告诉浅叶的动机有一点出入，然而浅叶并没有察觉，只把腌渍竹荚鱼夹到小盘子里。

"小橘他很有天赋，基础也很扎实。"

突然在众人面前被表扬，橘默默看向浅叶。"哎呀，真稀奇。"花冈说道。

"把高傲写在脸上的高傲太郎——樱太郎老师竟然会夸人，真是史无前例。小树，你真厉害啊。"

"花冈女士，我不是每次也都夸你不少吗？"

"没关系，音乐家本来就傲慢。对口味挑剔的男人，不管做什么都挑剔。这男人对餐厅的辛辣批评可不是盖的。"

花冈对橘使了个眼色。橘再次转回目光。

"别讲那种让人误会的话啊。"说完浅叶把纵向切开的烤秋葵塞进嘴里。他吃东西的样子令人觉得十分爽快。

"我也不是只会吃，我自己也做饭，评价一两句而已嘛。而且我不是在这儿大肆宣传这家店有多好吃吗？"

服务生将乡村风味肉酱和莎乐美肠端上桌的同时，浅叶已经喝完了一杯葡萄酒。不愧是美食家浅叶赞不绝口的餐厅，这里每一道菜都很好吃。

好久没有和其他人一起吃饭了，橘的胃口也比平时好很多。

"你几岁开始学大提琴的？我儿子现在十岁了，如果想让他成为专业大提琴手，是不是已经太晚了？"

肉类主菜端上桌时，梶山正志提出了这个问题。他是在场唯一一个穿西装的人，可能是刚下班。身材高大的他很有存在感，言谈举止给人一种体育会系[①]的感觉，像个橄榄球运动员。

"我五岁开始学的。但十岁开始还算早了吧？"

"是吗？我希望他能成为比我更优秀的大提琴手。"

"梶山先生的儿子对大提琴感兴趣吗？"佳澄问。"完全没有。"梶山笑道。"那就难了。"花冈说。

"不管动机纯不纯，还是得有动机的人才学得好。从这个意义上说，琢郎的单纯倒是让人觉得爽快。"

"怎么矛头突然转向我？"坐在桌子角落的年轻男子指了指自己。片桐琢郎给人的印象是个戴眼镜的瘦高青年，脸上笑嘻嘻的。

"琢郎，后来怎么样了？"

---

① 体育会系：原本指参加体育类课外社团的人，后来引申为持有体育社团价值观（重视上下关系、团结精神、毅力等）的人。

"什么怎么样?"

"和那个本科的女生有什么进展吗?"

"要是有进展,我就不会来这里了。"琢郎有些自嘲地说。梶山则鼓励道:"你加油啊。"听他们说,琢郎是文科院系的一名研究生,一直暗恋大学管弦乐团的后辈,为了提高大提琴的技艺才开始到三笠教室上课。

橘很喜欢香辣茄酱通心粉的辣味,从大盘里盛了两次通心粉。

"说到学大提琴的年纪,我又想起樱太郎老师的卡萨尔斯①论,忍不住又要笑了。"花冈调侃道,"老师也是像卡萨尔斯那样,四岁开始学钢琴,十一岁开始学大提琴吧?"

"花冈女士,那事儿就别提了。"浅叶尴尬地挠了挠后颈。

"那天老师在不知哪家店里喝第三场的时候大喊'所以我就是卡萨尔斯!'真是太好玩了。高傲太郎就该这样嘛。"

"老师,您喜欢卡萨尔斯吗?"

橘话音未落,梶山也同时问道:"那是谁?"

帕布罗·卡萨尔斯是20世纪最伟大的大提琴家,他确立了现代大提琴演奏技法,重新挖掘出橘喜爱的《无伴奏大提琴组曲》的价值,并将这部作品的魅力极大地推广开来。

"不是说喜不喜欢,他可是神一般的存在啊……"

"所以本大爷也是神啦。"花冈开玩笑的声音响起。浅叶立刻反击:"烦死啦。"大家都笑了起来。

---

① 卡萨尔斯:帕布罗·卡萨尔斯(Pau Casals),西班牙大提琴家、作曲家、指挥家,被普遍认为是20世纪上半叶最杰出的大提琴家,也是有史以来最伟大的大提琴家之一。

餐桌上的话题如波浪般此起彼伏，他们从佳澄的兼职聊到梶山的儿子，接着蒲生聊起电影，琢郎又提到女演员，全程没有出现尴尬的沉默。

橘几乎一直在倾听，而大家对此也很接受，让他觉得氛围很舒适。

这种聚会不同于学生时代的那种高度同质化的聚会，也不像以恋爱为目的的聚餐，需要费心去揣摩微妙的情感。这里只是一个热闹、愉快且没有压力的空间，对橘而言是个既方便又理想的场所。

"哎，你说，樱太郎老师水平不错吧？"

浅叶去洗手间时，花冈凑到橘的斜对面说道。这时桌上的大盘子都撤下了，正在等最后的甜点上桌。

"我只是一个业余的音乐爱好者，所以耳朵不够灵，对演奏的评价只能分成三类：不值一提、平庸、超厉害。"

"你觉得樱太郎老师的大提琴演奏怎么样？"听花冈这么问，橘想起了那一天的情景。那首仿佛将他带到陌生异国的《雨日迷途》。

那场演奏后，橘的坐标发生了些许偏移。

"……我觉得他非常厉害。"

"我一直都在三笠学琴，但当讲师换成樱太郎老师的时候，我被震撼到了。我不是贬低之前的老师，只是，当我听到樱太郎老师大提琴演奏的瞬间，我觉得自己第一次听到了大提琴真正的音色。那感觉就像，本以为自己走到了道路的尽头，却发现了另一个世界。"

橘轻声说："我能理解这种感觉。"花冈则自豪地翘起嘴角，令人联想到昔日电影女演员在银幕上演出的经典一笑。

"他的履历也很了不起，对吧？可惜的是不太会为人处世。"

"他因为和T交响乐团的首席吵架，入团的事泡汤了。"佳澄悄悄地补充说。

"原来有这种事?"橘惊讶地说道。

"世上无奇不有。"花冈交叉起双臂。

"他为人正直,讨厌歪门邪道的事情,所以我觉得错在对方。但不管怎么说,这个圈子很小,基本都得靠人脉,可他在日本的音乐学院里没有任何关系,这就相当不利。没有人脉,工作就不会找上门。其实这个世界并不是只看实力的。他外表也不错,不奢望说当上独奏家吧,但总觉得他应该有更好的出路。

"我不希望他一辈子就只是给我这样的普通老太教大提琴。"花冈叹了口气。

"试试看参加一些厉害的比赛?"佳澄提议道。

"那也是龙门难登啊。"花冈托着腮帮子说。

"到了那个层次,根本不知道会遇到什么样的对手吧?音乐的世界大得很哟。"

"但浅叶老师是从李斯特音乐学院毕业的吧?"

"走那条路也没到天方夜谭的程度。"橘说。

"可是,一起参与竞争的都是有类似背景的人。"说着花冈歪了歪头。她那瘦削的手腕上,金色的手镯闪闪发光。

"靠音乐吃饭真的很难。准确来说,要以自己满意的方式生活,真的很难。"

"在匈牙利的话,音乐的工作是不是会更多一些……"

"即使不能进大乐团,如果要靠音乐谋生,那里的环境应该也好很多,毕竟土壤不同于日本。"

"那他为什么要回国呢？"橘也顺着她们的谈话喃喃道。

"因为签证到期了。"浅叶的声音从正上方传来，"不要趁我不在的时候聊我的话题聊得火热。"

橘道歉道："对不起。"浅叶板着脸坐回里面的座位。这时甜点正好上桌，花冈拍了拍浅叶的后背，安抚道："好啦，你看，期待已久的吉拉朵①来啦。"浅叶慢吞吞地抬起头看了一眼服务生，他的脖子微微泛红，估计有些醉意。

餐厅似乎营业到深夜，有些桌子现在才开始聚会。这个时段正好人来人往，狭窄楼梯前的收银台旁挤满了团体客人。橘感觉餐厅快活热闹的气氛有种说不出的舒适。

"这个真好吃。"吃着开心果吉拉朵的浅叶喃喃低语。橘也舀了一勺吉拉朵，香气顿时蹿入鼻中。

没有谁特别提议，一行人自然而然地走向夜晚的渡桥。经过多摩川前往二子玉川站还隔着一座桥，这段距离正适合醒酒。时值仲夏夜晚，吹来的风却十分凉爽。

在店门口和花冈分别时，花冈挥手朝橘说下次见。

仅仅这一句话便打动了橘的内心，下次的聚会自己还可以继续参加。

"小橘，你家也在二子玉川方向吧？我忘记问了。"浅叶这时才问道。

橘回答："是的。"浅叶席上喝了不少酒，但似乎酒量不佳，显然已

---

① 吉拉朵：Gelato，意式冰激凌。

经醉了。

"今天感觉还行吧？整体上如何？"

"我很开心。大家人都很好。"

"那就好。我可是被挖了不少旧事，恼火得很。都是那个花冈。"浅叶噘起嘴说道。

"当代卡萨尔斯，对吧？"橘故意重提。"我才不记得自己喝醉的时候说了什么呢。"浅叶挠着后颈说。

漫步在长桥上，橘眺望着远处的夜色。远离都市的灯火辉煌，黑暗填满整片河堤。

橘茫然望着那片黑暗，感觉各种东西逐渐从身上剥落。职场的人际关系烦恼、慢性失眠、令人厌恶的事件记忆，以及重新开始拉大提琴的经过。

浅叶不知道，他每次上课的声音都被录下来当作证据。

"浅叶老师，您曾经住在匈牙利吧？"橘随口问道。

"对。"浅叶回答。

"您会说匈牙利语吗？"

"只会一点点。"

"马扎尔语很难，所以能用英语的地方我都用英语解决。"听浅叶这么说，橘这才知道有一种语言叫马扎尔语。

"匈牙利有什么东西？"

"音乐和温泉。"

"咦，温泉？"

"对，匈牙利有温泉，不知为何就在市中心。"

"完全想象不出来。"橘说道。"说是温泉,但泡的时候要穿泳衣,看起来就像干净的泳池。"浅叶笑道。

"您当时住在布达佩斯吗?"

"对,住在首都。"

"夜晚的布达佩斯美得令人窒息。"浅叶缓缓抬起视线,目光投向河岸的黑暗与都市的灯火交织之处。

"布达佩斯市区分为布达区和佩斯区,两区隔着多瑙河相望。布达区有王宫,佩斯区有国会大厦,连接两区的链桥在夜晚的河上熠熠生辉,仿佛将世上所有光芒都汇聚起来排列在黑暗中一般,耀眼夺目。"

听到如此充满热意的话语,橘不由得注视着浅叶的侧脸。浅叶的眼神中充溢着情感。橘想,这个男人在酒醒后,会不会也对自己这份热切感到难为情呢。

"您想回布达佩斯吗?"

"当然想了。真想回去啊。"浅叶再次低声叹道。

"老师——"走在几米开外的佳澄突然回过头喊道。由于橘配合着浅叶的步伐,两人不知不觉与前面的同伴拉开了距离。

"多摩川烟花大会是下周对吧?应该不是下下周——"

"是下周。"

"我就说是下周嘛。"佳澄的笑声远远传来。

"不是吧——"梶山惊讶地喊道。他那夸张的反应让橘也忍不住笑了起来。

真是一个美好的夜晚。对其他人来说或许只是一个稀松平常的夜晚,对橘而言,却是独一无二的夜晚。

散发着耀眼灯光的二子玉川站台越来越近。

"老师喜欢小野濑晃吧?"

"嗯。"

"那古典音乐最喜欢谁?"

浅叶仰望夜空想了一会儿,说:"勃拉姆斯①吧。"橘轻轻应了一声"噢",便转头面向前方。

他知道,一旦自己接着说"我喜欢的是巴赫",课程的内容可能就此改变。

---

① 勃拉姆斯:约翰内斯·勃拉姆斯(Johannes Brahms),德国浪漫主义作曲家。

⑥
《战栗的皱鳃鲨》

☉

他决意努力。
哪怕这里是他无法留下的地方。

气温骤降后的一个寒冷秋夜,橘走进琴房,把外套挂在衣架上,身后传来了大提琴的声音。与现场听到的不同,琴声是手机播放出来的。

原来是浅叶正在看一段视频,视频中花冈拉着琴弓,风姿凛凛。

"这是什么时候的视频?"

"去年演奏会上拍的。每年大家都像这样,各自精心打扮,登台表演。就连梶山那天也穿无尾晚礼服呢。"

穿着黑色晚礼服演奏的花冈看起来像个明星,气场十足。那种独特的青春气息非常罕见。

视频结束后,梶山、蒲生、佳澄、琢郎——浅叶在手机上一张张滑过大家盛装打扮的照片。

"小橘,你也来参加演奏会吧。今年我们同样会举办演奏会。"听到浅叶的邀请,橘不禁犹豫了一下。

"正式演出定在12月23日,地点就在这里的五楼大厅。因为正好是圣诞节前的周六,所以有些人可能会有安排。"

"我倒是没有什么特别的安排……"

"那就来参加吧。在观众面前表演会自然而然地绷紧精神。"说着,浅叶递给橘印有演奏会详情的资料，橘点点头致意。这份资料与交流会的手写传单不同，是三笠的正式文件。

"当然了，参不参加完全自由，但有空的话最好是参加。有一个当众展示的机会很重要，你对曲子的表现肯定会变得更好。所以来参加吧。"浅叶再三劝说道。"那我参加。"橘最终答应。"好样的。"浅叶露出笑容。

刚开始卧底调查时，橘就从盐坪那里得知三笠音乐教室每年都会举办一次演奏会。当时盐坪说，既然假扮学生，最好积极参加这种活动。

然而橘不擅长应付这类场合。他总是过于紧张，小时候参加的大提琴演奏会也没有留下任何美好的回忆。

他讨厌沐浴在公众的目光下。

"演奏会上要拉什么曲子？"

"你喜欢的曲子就行。流行和古典都可以。有时候也会由讲师来选曲。"浅叶话音刚落，橘便回答："那就由您决定。"浅叶的表情顿时变得有些温和。

"虽然是我提的建议，但你真的不自己选曲吗？"

橘真正喜欢，并且也想演奏的是巴赫。

虽然橘是以想演奏流行音乐的名义来上课，实际上他对流行音乐没有什么兴趣。为防万一，他提前想好了一个自己喜欢某人某首曲子的设定，不过，他总觉得随便说出一个曲名迟早会露馅，因此希望演奏会的选曲由浅叶来决定。

"我不擅长自己决定这种事，我太优柔寡断了。"

"我决定也可以，但按我的喜好选的话，自然会偏向古典。"

"啊，那选择小野濑晃的乐曲怎么样？"

橘急中生智，把差点脱口而出的"古典可不行"咽了回去。

"咦，你喜欢小野濑晃吗？"

"小野濑晃大家都喜欢吧。之前老师演奏的《雨日迷途》怎么样？那首曲子本来就是以大提琴为主。"

橘确实很喜欢那首曲子。之前听浅叶演奏时，他就觉得曲子很美。

"啊——那首啊……"

意外地，浅叶露出为难的表情，橘顿时觉得有些不好意思。

"不行吗？"

"不，不是不行。"

"因为我拉不好那首曲子？"

"不是这个意思。只是，难得要在舞台上演奏一曲，我觉得应该有更适合你的曲子。因为你说从小野濑晃的曲子里选，我已经开始想啦。"

浅叶说道。结果演奏会的选曲还是交给浅叶去决定了。

三笠音乐教室二子玉川店的圣诞演奏会将在三笠二子玉川大厦的顶层——三笠大厅举行。这个有两层楼座的大厅可容纳三百多人，以其卓越的音响设备而广受好评。

自从传出明年高层人事变动的传闻后，橘与盐坪见面的机会就变少了。很难想象他是因为档案部的工作而忙得不见人影。盐坪经常长时间不在工位上，橘觉得高层可能有一些他无从得知的事情在发生。高层的动向不会传达到基层员工的耳中。

每天的工作时间总是一转眼就过去。遇到不开会的日子，橘常在几乎没有与任何人交谈过的情况下下班。

现在的橘只是每周一次通过邮件向盐坪提交调查报告书，他觉得自己几乎要迷失去三笠上课的目的了。

"喂，你有没有看到盐坪先生？"

听到凑的问话，橘猛然抬起头来。"跑去哪儿了，这么久都没回来。"凑低沉的声音带着怒气。橘心想，最好别和这人扯上关系。

"我没看到。"

"为什么他从早上就不见人影啊。午饭前找不到他就麻烦了。你看到他要马上跟我说。"

凑撂下这句话，橘不禁有些恼火。凑对每个人的态度都偏粗鲁，但对橘尤甚。听说他对总务部的三船有意，但这和自己有什么关系。

好想快点回家拉大提琴。

"原来你是会在公家的日历上记私事的那种人啊？"凑故意探过身来看橘的桌面，"圣诞节的那个荧光标记是什么？"橘忍不住瞪了他一眼。桌面日历的底部附有一个两个月后的迷你日历，橘用橙色荧光笔在发表会的日期上画了标记。

"……只是牙医的预约。"

"两个月前就预约？"

"那位牙医非常受欢迎。再说了，那天是23号。"橘反击道。

"管你呢。"凑冷哼一声，"不愧是帅哥，心无旁骛维持形象啊。你还可以定期去看整形外科或者别的什么嘛。"

"凑先生——"这时办公室深处传来呼喊凑的声音。"噢——"凑举起一只手回应，"有吧？找到了。"没有上下文的对话听着令人心烦，橘毫无意义地不停点击手中的鼠标。

他松松地在桌上弯起左手,感觉触碰到虚拟的琴弦。A 弦,D 弦,G 弦,C 弦,用指尖按住这四根弦,大提琴便能演奏出各种旋律。

只有在拉大提琴的时候,橘才能完全忘却一切。注视着振动的琴弦,眼前的世界就会变得模糊不清。只有这种近乎散光的沉浸感,才能屏蔽所有琐碎的愤怒,以及深埋心中、挥之不去的恐惧。

橘前往许久未去的睡眠障碍门诊拿药。"好久不见了。"医生说道。她戴着椭圆形的绿色耳环。

"离您上次来有一段时间了,是不是失眠有改善?"

"比以前好多了。"

"那真是太好了。不过以后不要自己擅自减药或延长时间间隔哦。"医生温和地提醒道。"好的。"橘回答。

这天,橘第一次注意到诊室里有一株高大的植物。

"您是不是用了什么方法改善入睡?还是生活发生了什么变化?"

"变化,是吗?"

"即使变化再微小,对您来说也许都很重要。"

"……我开始学音乐了。"

"不错啊,音乐。"医生停下操作终端的手,微笑着说,"钢琴、吉他之类的?"橘含糊地回答:"差不多吧。"

"是兴趣班吗?还是乐队?"

"兴趣班。"

"开始学东西需要耗费很大的能量吧。要选择自己喜欢的类型,对比各个教室的好坏,还要一边工作一边去上课,这需要很大的毅力。我是那种体验一次就满足的人，所以很佩服您。"

发觉自己配不上这突如其来的敬佩，橘有些不自在。那株龟背竹的绿叶在眼前显得格外鲜艳。

他去三笠上课并不是单纯想学乐器，而是为了调查。

"不过一直到找教室的步骤都是别人做的……"

医生并没有深究橘的这句低语。"这次要不要试着减少药量？"她提议道。"请按原来的药量开。"橘回答。

卧底调查的期限是两年。现在已过去几个月，到年末举办演奏会的时候，就到半年了。

"小橘，你要演奏的曲子我定好了。"

橘一打开琴房的门，便听到浅叶愉快的声音。"什么曲子？"橘放下通勤包问。随即收到一本大开本的乐谱。

乐谱黑色的封面没有光泽，装帧十分时髦，与橘现在学习的《用一把大提琴享受流行乐》从外观上就不同。

封面偏下方用反白文字写着标题——战栗的皱鳃鲨。

"……这个读作 zhan li 对吧？"

"对的对的。咦，你没听过吗？"

"可能听过，这个字面我也有印象。"

橘马上打开乐谱，带钢琴伴奏的大提琴谱分成几段排列在一起。橘一行行读着前几段音符，却怎么也想不起它的曲调。

"这是以前一部电影的配乐吧？"

"对，对。"

虽然同名电影①也很有名，但橘没有看过。他记得那部电影是在他出生很久之前的作品。如今这个标题在媒体上出现时，大多是指这首主题曲。

"过后我给你示范一下，不过你最好先听一下带伴奏的音源。当天应该也有钢琴伴奏。"

"演奏会上会提供伴奏吗？"

"看曲子。顺便说一下，我负责的学生大多是我自己伴奏。"

"您钢琴也弹得那么好啊。"说着橘凝视黑色的乐谱。浅叶为什么给自己选这首曲子？

"卡萨尔斯每天早晨都会弹钢琴。我也仿效他，每天早上弹钢琴，相当于一种讨彩头吧。"

皱鳃鲨是什么？

橘知道这是部老电影，接着从发音②自然而然联想到爱情电影，但仔细一想，这似乎是完全不同的词。

乐谱华丽的暗黑色装帧令人不禁想到深海。

"这是一首美丽的曲子。美丽却沉重，幽暗且静谧，有着独特的世界观。"

浅叶开始播放曲子的那瞬间，橘的记忆便复苏了，原来是这个啊。

让人印象深刻的钢琴前奏。

这首著名的主题曲被用在各种场景里。就算不一定能记住那个奇怪的曲名，也肯定有很多人对这首曲子耳熟能详。

随着旋律在耳中回荡，橘突然感到一种奇妙的不安。大提琴的音色

---

① 此处的电影也为作者虚构。
② 皱鳃鲨在日语中的发音近似"拉布卡"，其中"拉布"的发音与"love"的日式读音相同。

089

异常深沉，仿佛不断地潜入地底，带来一种难以言喻的恐怖。

这种恐惧并非人人都能理解的恐惧。

或许正是浅叶所说的"美丽"之处，也就是那锐利的黑暗令人感到害怕。

"怎么样？这是小野濑晃的曲子里我特别喜欢的一首。"

橘一睁开眼睛，浅叶便询问他的感想。"不错啊。"言不由衷的话脱口而出。"你喜欢就好。"浅叶把手机放在桌子上。

"不知怎的我很在意这首曲子的钢琴部分，早上还稍微练习了一下。大提琴的部分当然很不错，不过它的伴奏也给人很深的印象。"

浅叶连乐谱都帮自己准备好了，如今橘也说不出口不喜欢，而且他也说不清到底为什么不喜欢。

"你看过这部电影吗？平时看电影吗？"

"没看过。"

"我也没看过。虽然它被评为名作，但过了很久才出DVD，好像也没有流媒体播放。"

"电影讲的是什么内容？"

"谍战。也就是间谍片。一个孤独的间谍在卧底的敌国里找到自己归属的故事。"

说着，浅叶脸上露出爽朗的笑容，橘不禁屏住了呼吸。

"因为是老电影，我也只知道一点梗概，但听说很好看哦。虽然现在反而是这首主题曲更有名。"

"这样啊。"橘轻声附和，喉咙不自然地上下动了一下。是不是暴露了？种种臆测在心里不停翻涌。

平时待惯了的琴房突然显得异常狭窄。

"……那个竟然是间谍片啊。"

"从片名根本看不出来对吧。我是因为这首曲子才知道的。"

"我不太看电影。间谍类的故事,最后一般会怎么结束?"

"我也没看过《战栗的皱鳃鲨》。要么死掉,要么大团圆吧?

"这首曲子的 CD 小册子里有很多电影剧照,服装也很酷。"浅叶露出放学后的中学生般的笑容,语气颇为自豪,"当时小野濑晃还很年轻呢,就可以给国外的电影泰斗提供乐曲,真是了不起。

"我刚想到,小橘你有点像年轻时候的小野濑晃。"

"老师为什么选这首曲子给我呢?

"毕竟小野濑晃还写过非常多的曲子。"橘勉强挤出笑容问道。

"唔——"浅叶弯曲手指抵在下巴上。

他的眼神十分真诚,似乎很擅长在无意间探明真相。

"因为很像你。"

"……这是什么意思?"

"很帅吧,电影里的孤独间谍。

"我觉得你有办法用那种感觉来演奏。"浅叶扶起自己的大提琴,朝橘手中的乐谱伸出修长的手指,"谱借我下。

"中段部分挺难的,有不少地方可能会被左手的运指带走注意力,要小心。如果只顾着按弦,就不能充分展现这首曲子的魅力了……"

"那个,皱鳃鲨是什么?"

橘打断浅叶的话,语气一反常态。浅叶有些稀奇地看了看他。

琥珀色的大提琴被浅叶抱在胸前,等待着被演奏的时刻。

"是鱼的名字，皱鳃鲨是一种丑陋的深海鱼。电影里用皱鳃鲨来指代那些伪装成普通市民，潜伏进他们平静生活中的敌国间谍。"毫不知情的浅叶回答道。

"顺便一提，电影原名其实是《皱鳃鲨》，但日文译名得到的评价更高。'战栗'这个词除了怕得发抖，同时还有声音振动的含义，正好跟那段生动的钢琴前奏完美契合。这些知识也是我从CD小册子里看来的。"浅叶露出少年般的笑容。

由于上课时间紧张，他们的闲聊总是很快结束。但不知为何，今天的浅叶格外健谈。

"间谍很棒吧。国家机密，华丽的动作戏。你喜欢007吗？"

"那个我也没看过。"

"那下次看看吧。电影内容完全跟想象中的一样。那些枪战场面真的很不错。每个人都有想成为詹姆斯·邦德的时候吧。"浅叶说。"那种帅气的间谍只在电影里才有。"橘静静移开目光。

《皱鳃鲨》是橘至今为止练习过的所有曲子中最难的。中段过后有五个难缠的和弦严阵以待，手指在移动到正确位置前的那一瞬延迟便让曲子不再流畅。无论尝试多少遍，橘都无法顺利奏出那一段旋律。

这么难的曲子谁拉得出来啊。每次橘想要放弃时，总会想起上课时的情景。浅叶第一次看谱就能轻轻松松地演奏出来，会的人自然会。

指法全靠反复练习。十次不行就练一百次，一百次不行就一千次。不管多少次，唯一的办法就是不断按压琴板上的琴弦，让身体记住动作。

冬天的卡拉OK店里有点冷，即使开着空调依然寒意袭人。周日的中午顾客寥寥无几，或许因为橘背着大件乐器，今天他又被安排到派对包厢。包厢里摆放着红色和黄色的沙发,还有一个舞台,对一个人来说实在过于宽敞。

看到手机亮了起来,橘停下手中动作。他放下琴弓,伸手拿起桌上的手机,一条新通知映入眼帘。

"这个月的聚会定在月底的周六或周日!"

消息上方显示着群名"交流会"。

发送者是佳澄。

"大家的时间怎么样?"她又发来一条消息。橘回复:"我都可以参加。"很快蒲生也回复了,接着梶山回复,佳澄发了个欢快的表情。

上个月的聚会橘参加了,结果现在也被算作"交流会"的一员了。橘与他们只见过两次面,下次再聚就是第三次。对于没有其他安排的橘而言,这些人可以说是目前最亲近的人。

看着不停刷新的消息界面,他漠然地想,这就是正常人的生活啊。与他人交流。适度睡眠。练大提琴。尽管深夜中偶尔会被深海的噩梦惊醒,但已经不如以前那么频繁了。

希望这样的生活能永远持续下去。每次闪过这样的念头,胃里都会因不祥的预感而阵阵发寒。

如果只顾着左手的指法,浅叶又该责备自己了。注意力没有放在运弓上,音色就会变得浅薄。是时候拉伸一下,放松手臂肌肉了。

橘一心一意扑在练琴上,不去想即将到来的结局。

空气中可以看到人们呼出的白气时,二子玉川车站前的彩灯也开始闪烁。随着冬日的灯光愈发耀眼,感觉年末似乎已近在眼前。

三笠的大厅里也出现了一棵高高的圣诞树,场景显得更加华丽。纯白的圣诞树上挂满了金色饰品。

"咦,橘先生。"

听到熟悉的柔和声音,橘看到佳澄坐在休息室里。她穿着米色的抓绒外套,一头半长的黑发简单而朴素。她似乎在做大学作业,笔记本上放着几支彩色笔。

注意到旁边地上有个香槟金色的大提琴盒,橘回想起第一次来到这里时的情景。

"您要去上课了吗?我离上课时间还早,因为兼职提前下班了,所以先做会儿作业……"佳澄带着有些生硬的笑容打招呼,"好久不见。"

橘也应道:"好久不见。"

离上课还有一些时间,橘伸手去拉旁边桌子配套的椅子,见状佳澄迅速收拾起散落在笔记本上的笔。

此前橘只见过她和大人交谈的场面,总觉得她比实际年龄更成熟可靠,但现在面对面看,她其实是个与年龄相符的孩子。

"大学的作业很难吧?"

"也没那么难,只是我效率不高……"

"对了,那个大提琴盒,我之前在这里见过。第一次聚会的时候我没想起来。"橘说道。佳澄轻轻"啊——"了一声,摇了摇头。

"没事啦,抱歉,是我自作多情记住了。"

"佳澄小姐,你大学是学什么专业?"

"啊?幼儿教育。"佳澄有些害羞地低声说。橘纳闷她为什么害羞,随即反应过来:"哦,所以传单上的画……"佳澄似笑非笑地点点头。

"交流会"的邀请传单每次都由浅叶亲手拿给橘,稚嫩的手写文字,加上周围还画有花朵和小鸟的图案,对刚接触的人来说也很好懂。

"幼儿园的老师真的都会弹钢琴吗?"

"考资格证的时候不需要,但求职时好像是必须的。"

"那你也会弹钢琴啊。真厉害。"橘说道。佳澄面露羞涩。有人从大楼梯上走了下来,差不多到学生们一起走出来的时间了。

中庭的空间十分开阔,休息室里却很暖和。

"佳澄小姐,演奏会上你要演奏什么曲子?"

"巴赫。"

"巴赫?"

"《无伴奏大提琴组曲》第一组曲,前奏曲。该不会橘先生您也拉巴赫?"佳澄问道。

"我是小野濑晃的电影配乐。"橘低声说。

"不错啊,小野濑晃。"佳澄表情明亮。我更羡慕你能演奏巴赫,橘险些脱口而出。

"跟上次比,确实更流畅了。运指觉得困难的地方就反复练习,只能让身体记住那个动作。更重要的是把注意力放在弓法上。"浅叶一如既往地指出这个问题。

"对我来说还有点难。"橘低哼道。

"不难啦,只是把注意力放在上面。"

"这种绝技可不容易……"

"太过纠结反而不好。比起一点点指法错误,更重要的是给人的整体印象和音色。又不是去参加比赛。"浅叶苦笑道。

橘心想,没什么区别啊。

三笠大厅非常宽敞。在那样的舞台上演奏,肯定会紧张得要命。他绝对不想失败。

"那里不是因为一点点小失误就会被评审苛刻扣分的地方啦,有点小错误也没关系。"

"但那是大礼堂啊……"

"小橘,你是为了谁站上舞台的?你参加的是演奏会,演奏会这种东西,只要能愉快地演奏就足够了。反过来说,你得演奏得让自己高兴才行。你想怎样演奏这首曲子?不要因为害怕一两个失误,就放弃让大提琴发出漂亮的音色,这种想法太逊了。"

"我不是放弃,只是没办法像您那样演奏。"橘小声嘟囔。"对不起,我说得有点过分了。"浅叶尴尬地笑了笑。

"不是啦,小橘你练得非常认真,也能看出你下了很大的功夫,只是你太缺乏自信了,我觉得很可惜。"

"我的性格天生就是又逊又阴郁。一个逊咖的演奏怎么可能不土?"

"对不起嘛。"浅叶挠了挠后颈。

"咱们说回正题。对这种乐器而言,最重要的是它的音色,音色就是大提琴的一切。所以哪怕就一个空弦音,只要能拉出美丽而悠扬的音色,就是非常厉害的大提琴手。"

"不幸的是,我属于不厉害的大提琴手。"

"事实可不是这样,我懂的。借我一下。"

浅叶抢过琴弓,橘的右手失去了抓握的东西。

橘的琴弓是向三笠租用的普通琴弓，本身并不高级，但一到浅叶手中，却总能发挥出它的潜力。

"仔细看我握弓的方式，我从头示范一遍。"

稍做停顿后，浅叶将目光投向大提琴的腹部，随后琴弓开始移动，琴房内的空气立刻为之一变。

深沉的振动包裹着全身，橘的意识瞬间有些错位。

定睛凝视如羽翼般轻盈的运弓时，橘忽然感到一阵奇妙的醉意。琴声在他脑海中回荡的位置与其他曲子有所不同。

那是仿佛能触及地底的深沉声音，甜美得沁人心脾。

"只要留心像这样轻轻地拿弓，你的注意力一定会集中在弓上，这样左右手的动作就会更平衡，演奏也必然变得更动听。"

"这首曲子好像让人有种坐标错乱的感觉？"

浅叶的演奏结束后，那种感觉依然没有消散。橘发现自己起了鸡皮疙瘩，不知为何身体又颤抖了一下。

"坐标错乱？"

"怎么说呢，老师拉出的琴声平时应该回响在更高的地方，这次位置不对了。"

"也就是声音的位置变低了？"

"感觉就像，本应在脑海中回响的声音，却下潜到了腹部。"

"这是不是说明我对这首曲子的诠释很到位？"说着浅叶把弓还给橘。迟早要还给三笠的，借来的琴弓。

无论如何都不属于橘的，有期限的大提琴和弓。

"你还记得我们之前聊过的大本钟吗？"

突然听到这个令人怀念的话题，橘有点困惑。

"……我记得。"

"那时候我拉的是爱情剧的主题曲，曲子明快欢欣，副歌部分非常热烈，简直能高高跳跃到大本钟的顶端，是一首充满幸福和高昂情绪的曲子，和这首《皱鳃鲨》完全不同。拉这首曲子时，我感觉自己置身于漆黑的深海。"

听到浅叶这么说的那一刻，橘感觉身体的中枢都在战栗。

"那是个没有一丝光亮、无人存在的黑暗之地。在冰冷的深海底部，一条孤独的鱼悄悄屏住了呼吸。它长着丑陋的面孔，紧紧盯着这边，好像在说'我看着你呢'，就那样等待着我的行动。严肃的正统间谍电影估计就是那种感觉吧。"

浅叶腼腆地笑了笑，橘却笑不出来。

"乐曲的意境决定了演奏的方式，所以不要太在意指法，始终把意境放在首位。小橘，你也试着想象一下漆黑的大海吧。"

浅叶把乐谱架转向橘。而橘的心跳就像有人在狠狠敲门一样，完全无法平静。

"演奏会的准备还顺利吗？"盐坪问道。"没问题。"橘点点头。

"好像是圣诞节演奏会对吧。你要演奏什么曲子？"

"小野濑晃的电影配乐。"橘低声答道。"哪部电影的曲子？"盐坪饶有兴趣地追问，让橘有些意外。"《战栗的皱鳃鲨》的主题曲。"橘刚说完，盐坪的眼睛顿时定住了。

"年轻人居然知道这个啊，选曲挺有年代感的嘛。

"你看过那部电影吗？"盐坪问。橘回答没有。"这就是典型的，只剩音乐流传下来的案例了。"盐坪自嘲般说道，消瘦的脸颊微微扭曲。

"以前电影院不是轮换制的，进去之后随便你想待多久都行。等父母的时候，我在里面看了很多电影，其中《皱鳃鲨》是最喜欢的，因为孤单嘛。"

许久不曾来的地下档案室的空气格外寒冷。无论何时前来，室内一片灰白的景象从未改变过。

"这里毕竟是在地下，真的好冷，我们回去吧。"

最近盐坪似乎对橘在三笠的卧底调查失去了兴趣，估计有其他任务让他忙不开吧。看这情况，他应该不会认真检查上课的录音。

早上市中心也开始下雪，交通系统陷入瘫痪。今天得先到目黑站再换乘电车，不然上课会迟到。

今天一定要流畅地衔接起整首曲子。

不知不觉中，距离演奏会已经不到十天了。

"一旦开始后，时间就过得很快吧？"

橘正沉浸在自己的思绪里，盐坪的话让他一惊。"什么？"他问。"卧底调查的时间啊。"那双薄唇带着冷笑。

"超过半年后，剩下的时间一转眼就会过去。习惯让人对时间的感觉变得麻木。到了这个阶段，其实内心已经觉得过了一半，你就按还差一些就到终点的感觉，继续加油吧。"

听着上司的鼓励，橘下意识地伸手摸向胸前口袋。那支圆珠笔式录音笔一直插在西服口袋里。

在三笠度过的每一天都记录在这些数据里。

"你看起来有点累啊。"一开门浅叶就说道。橘勉强笑了笑:"没有的事。"

"最近工作又很忙吗?"

"还好吧。"

"你的'还好'可能已经是不正常的忙了,比如忙到连午饭都没时间吃,这种情况绝对不行。虽然我不太清楚公司职员通常是什么情况。哦,不对,你是公务员。"

听浅叶特意更正了说法,橘不由得笑了出来。他脱下大衣挂在衣架上,浅叶在身后突然问:"对了,你是做什么工作?"

"……我不是说过我是公务员吗?"

"不是这种笼统的概念,我是问具体做什么工作?"

"区政府的内勤。"橘回答。"哦——"浅叶拖长了声音。

"你下班来二子玉川,是因为工作地点离这里很近吗?是不是世田谷区?"

"是目黑区。"

"啊,真的吗?我住在中目黑,之前去目黑区政府办过住民票[1]。你需要坐窗口吗?平时都做些什么?"

"我在秘密调查涉嫌侵犯著作权的公司,为诉讼收集证据。"这话差点脱口而出,橘咽了口唾沫。

"……你应该不会在窗口看到我。我负责的是绿地、公园,还有街道树木方面的管理,主要是办理文件,很少去现场,整天在办公楼里做

---

[1] 住民票:根据居民登记发行的证明,记录住所、名字、生日等,用于证明个人的居住地址。

文书工作。"

这个设定是完全按照盐坪亲戚的工作来描述的,不可能露出破绽,因为橘牢牢记住了盐坪告诉他的内容,连具体业务的细节都一清二楚。

"管理公园啊,听起来很不错。那如果在赏花的季节联系你,有没有可能更容易占到好位置?"

"那没有。"

"哦——标准官方回复。"

听着浅叶的调侃,橘在脑中想象自己人生的另一条路。

他进入目黑区政府工作,在各个科室轮岗,最终安顿在道路公园科,接着为了放松身心而开始学大提琴,遇到一个琴技高超、相处融洽的老师,在定期举行的交流会上与随和的伙伴们快乐畅谈。

那些从未见过的政府办公楼的安静楼层鲜明地浮现在脑海中。

"那么,从上周到现在的进展如何?虽然我已经讲过很多遍,还是得小心别练过头了。先让我看一下你这段时间自主练习的成果吧。"

说着浅叶靠到椅子的靠背上。橘停止毫无意义的幻想,迅速调好大提琴的尾柱。

今天必须进入最后的收尾阶段,否则就赶不上演奏会了。只有下周一节课而已,必须尽快克服中段的难点,让浅叶指点后续的演奏方法。

无论练习多久,自学的效果总是有限。有时姿势走样,或者拉琴时不自觉的坏习惯,在浅叶指出之前,橘自己根本发现不了。而看浅叶给自己当面示范,更是能得到不少启发。

现在橘需要的是上课。

轻轻将琴弓搭在弦上,弓弦构成直角的那一刻,橘有预感,这次肯定能顺利。

拉出节奏缓慢的低音序曲后,主旋律暂时转移到钢琴上。仿佛在水底支撑着闪烁在海面上的琴键般,大提琴的节奏也突然加快,前方有五根设计好的桩子,正是那五个和弦。

轻快地越过第一根桩后,视野豁然开朗。

第二根,第三根。

还不待细数,第四根桩也顺利跃过,踏到最后一根桩上时,那些难点已经被抛在脑后。

感觉像梯子毫无阻碍地丝滑降下,不知不觉间已经拉完整曲。

"不错啊。中间的衔接已经很自然了,音色也变得更饱满。在准确性方面,你基本算毕业了。"

浅叶微笑着说:"拉琴的时候感觉很顺畅吧?"橘也点头回应:"没错。"

突破难关的那一刻,所有问题都消失了。

"练习了很久?"

"……是很久。"

"很好,有种畅快感,就像参加完运动队集训第二天一早的投球一样。"

方才的难点已不再是难点。这种感觉很像以前失眠时,听着浅叶演奏的大提琴曲突然睡着的那时候。

半年前对于大提琴的恐惧,橘已无法再回忆起来。

"技术层面基本达标,接下来就是表现力的问题。能流畅拉出整首曲子固然可喜,正式上场时这样演奏可不行。这首曲子表现的是一个潜伏在深海中,不停颤抖的间谍。"

说完浅叶拉近自己的大提琴。橘知道，一旦浅叶开始演奏，琴房的灯光又会暗淡下来。

"演奏乐曲时最重要的是什么？是想象力。准确的想象力赋予音乐生命，不分专业和业余。你要把自己培养出来的想象力放到琴弦上。"

浅叶开始演奏，橘定睛凝神，尽全力跟上他细腻的弓法。

通过观察和聆听老师的演奏，音乐得以传承。仅仅留下乐谱，是无法传递技艺的。

这次卧底调查会对三笠产生多大的影响？橘的脑中忽然产生疑问，但他马上打消了这个念头。

自己做的绝不是什么坏事。相反，真正受到巨大损失的是自己所在的全著联，因为业界巨头三笠音乐教室侵犯了演奏权。

越是深陷其中，就越是需要坚定地相信自己，否则根本做不下去。

"运弓要轻快，声音要深沉。前四小节稳扎稳打，剩下的就是表现力了。小橘，你心中的深海呈现出什么颜色？你拉一下多曹尔的练习曲吧。"浅叶说。"啊？"橘反问道。

"你在体验课上拉过的多曹尔练习曲。现在再拉，音色一定比那时候更漂亮。"

"但我最近都没练那首曲子……"

橘按照浅叶的指示开始拉琴，琴声如清水般微温，柔和而澄澈，与那一天完全不同，宛若一幅古老的绘画恢复色彩，画面鲜明生动。

余音消散的同时，浅叶探身向前。

"刚才你在想什么？"

"啊？"

"拉琴时你脑海中浮现出什么？"浅叶再次问道，橘感觉有种难以言喻的尴尬感沿着脊背往上爬。

"……小时候看过的一幅泉水的画。当时教大提琴的老师家里挂着几幅画，其中有一幅描绘了森林中涌出一汪泉水的场景，氛围很像这首曲子。"

解释的时候，橘的视线四下游走，心里觉得越来越难为情。

对于从不谈论自己的橘而言，说出这些无异于跨越一道高坎，需要极大的勇气。

"原来如此，是这样的感觉。"

"这和演奏会有什么关系吗？"

"当然有，而且关系重大。你的优点在于刻苦过头的练习量，以及敏锐的想象力。"

浅叶竖起两根手指说道。

"体验课上我听到的琴声有些生疏，这是当然的，因为你已经有十多年没有拉过琴了。不过，我能感受到一种微小但明确的情感流淌在琴弦之上，你奏出的是如清泉般澄澈的多曹尔练习曲。如果你能像那样鲜明地想象出曲子的情景，就一定能驾驭《皱鳃鲨》。"

浅叶这番话让橘不禁回想起那场几乎将自己碾碎的噩梦。

那个地方似乎洒满黑色液体，没有一丝光亮透入。

又练了几次《皱鳃鲨》后，左手指法已不再是问题。越是心无旁骛地拉琴，琴弓的动作就变得越轻快，浅叶对此也赞赏有加。

握弓拉出厚重的低音，橘不停思索。

这片黑暗究竟延伸到何处？那被硬拽出来的深海的片段，到底会延展到哪里？什么时候才能触碰到海底？

"最后再完整拉一遍差不多就到时间了。开头的四小节要更细腻些，中间部分注意节奏。哦，还有——我跟你说过小窗的事吗？"浅叶问。

橘摇摇头："没有。"

"这是对你即将首次参加演奏会的建议。正式演奏时，试着让琴声传到稍远处的小窗外。无论是在这种小琴房，还是在巨大的音乐厅里演奏，最后要注意的都是一样的。"浅叶稚气犹存的脸颊展露笑容。

"……可是，这首曲子给人的印象是从黑暗的深海中发出琴声吧。"

"没错。"

"深海的意象和远处的小窗，不太能重合在一起啊。"

橘不明白浅叶的意思，歪着头思索。浅叶似乎觉得他的反应很有趣，边念着"唔——"边仰头望向上方。

"这个解释起来有点复杂。深海只是意象，或者说是曲子的世界观吧。面对听众进行演奏的话，要让听众也能感受到那个世界观，所以需要保留一部分面对他人的意识。不管是深海的曲子，还是地狱的曲子，身为演奏家，都要留下通向外界的窗口。"

浅叶有些害羞地挠了挠头。

"没事，这些只要在脑海的一角记着就好。今年如果没有余力去注意这点，明年甚至后年还有机会。小橘，你在公众面前拉大提琴的机会还多的是，所以正式上台的时候轻松演奏就好。"

浅叶向他露出爽朗笑容的瞬间，橘意识到了一个理所当然的道理。

浅叶相信橘今后也会一直拉大提琴。

"好了，最后来拉一遍吧。希望回家的时候电车没有因为大雪停运。"

最后从头演奏一遍时，橘在脑海中想象琴房的隔音墙上开了一扇小窗，窗外大雪纷飞，西洋画般的城市灯火勾勒出昏暗的河岸轮廓。

演奏会当天早晨，冬日的阳光明媚透亮。橘拉开窗帘，房间瞬间被照得发白，床边的大提琴盒投下长长的影子。

影子的尽头是刚买不久的垃圾桶，里面有少量可燃垃圾。

橘稍稍打开阳台的窗户，轻风吹了进来。平时他从不通风，不知为何，今天就是想这么做。

每次干燥的风吹进来，一次又一次，橘都感觉自己清醒了一些。

三笠大厅的后台里挤满了人和行李，调音的声音此起彼伏。参加大提琴、小提琴、中提琴弦乐联合演奏会的学生一个接一个地拿着乐器进场。

橘坐在自动售货机前的长椅上听《皱鳃鲨》的原曲，每一首曲子快结束时，他都会不安地抬头看一眼走廊里的时钟。

"你的表情就像已经坐进驾驶舱啦。给。"眼前有人递过来一罐咖啡，橘取下耳机道谢。梶山穿着无尾晚礼服出现，体型像橄榄球运动员的他显得格外有气势。

估计是梶山给人热心肠的印象，橘觉得和他也能轻松交谈。

"您说什么驾驶舱？"

"据说在演奏会上奏出第一个音的瞬间，演奏者的脑电波与飞行员操纵飞机起降时是一模一样的。这好像是专业独奏家与管弦乐团合作表演时的情况，但对我们这些业余爱好者来说，演奏会就相当于那种状态吧。顺便说一句，我在第一次演奏会上因为运指失误而中断了演奏。"梶山笑道。

橘一听，拿着咖啡正要喝的手停了下来。"不，不，这里应该笑才对吧。"梶山打趣地说。橘则是生硬地提了提脸颊肌肉。

"……我光是稍微想象一下，就够毛骨悚然的了。"

"当时真的感觉人已经死了。"

橘感觉握着罐装咖啡的手心已经有些湿润。

前所未有的紧张感在心脏周围游走。

"演奏会很让人紧张啊。

"我都四十二岁了还是觉得快死了。"听到这话，橘瞥了一眼坐在身旁的大块头男人。梶山在一家化妆品公司任销售科科长，在橘眼中，他是一个非常镇定的成年人。

"梶山先生，连您也会紧张吗？"

"当然会啊。毕竟老婆和儿子都来了，我想展现出帅气的一面嘛，不想让他们觉得这单纯就是个爱好，对不？虽然确实是爱好啦。"

朝敞开的后台门内望去，镜子前面的座位全都坐满了人，而没找到座位的女性都去外面补妆，室内的色调也因此显得单调。梶山这套据说是三年前定制的无尾晚礼服也是黑色的。

今天为了上台表演，橘也特意租了一套午夜蓝色的礼服。

"对了，橘你穿的那套是买的？"

"怎么可能？从上到下都是租来的。"橘答道。"看你穿得像电影明星一样，我还真被吓了一跳。"梶山豪放地笑了。

"早上好。结果时间还是有点赶。"

到场的蒲生有些腼腆地说。琢郎紧随其后，道了声"早呀"。橘和梶山则回到后台去取大提琴。"准备拍纪念照和彩排了，请大家都到舞台上来。"工作人员提高嗓音喊着，场面一下子变得忙碌起来。

最后到的是花冈和佳澄。

"总算赶上了！出门前忙了些琐事，就给耽搁了。"

"我们赶紧走吧。"梶山催促道。花冈焦急地放下行李："得把大提琴拿出来！"在堆满行李的后台里，要找个地方放大提琴盒可不容易。交流会的成员忙乱间，其他学生已经拿着乐器走出了走廊。

安静下来的后台弥漫着一种独特的兴奋感。

自己今后还能再体会到这种感觉吗？

"小树！来，对我们可爱的公主说几句。"

被花冈拉着胳膊的橘下意识地回答："啊，好。"听到花冈的怂恿，佳澄脸一下子红了，急忙说道："别这样啦。"

平时不怎么打扮的佳澄今天把头发盘了起来，仅仅如此就感觉整个气质都不一样。

香槟金色的礼服让橘又想起第一次见到她的情景。

"佳澄小姐，礼服很适合你。"

"哪里，您真的不用……所以说花冈女士！"

"你选的是和琴盒同样颜色的礼服啊。"橘说道。

佳澄顿了一下才反应过来，低头说："是这样的。"

"我才想怎么还有人留在这里，原来全是我的学生啊。"

听到这个洪亮的声音，橘回头一看，浅叶就站在门外。

浅叶穿着燕尾服，底下的衬衫和背心笔挺洁白，手腕处的珍珠母贝袖扣闪着微光，头上稍长的刘海全都往后梳起，尽管露出整个额头，容貌依然标致有型。

这身打扮简直像某个乐团来的音乐家的正装。

"老师好帅！"

"青柳小姐也很漂亮，但总之大家快点去舞台，我会被骂的。"

"好了走了，赶紧出发。"浅叶拍着手指挥大家，接着按住耳边的耳麦对另一边的工作人员说，"现在有六个人要过去。"橘立刻走出走廊，匆忙赶向通往舞台后的楼梯。

紧张和兴奋让时间仿佛放慢了脚步，所有的景象都变得缓慢，色彩愈发鲜明地烙印在脑海中。

"真羡慕你能拉《皱鳃鲨》。"吃外卖时蒲生说道。

"橘先生果然很厉害。我也喜欢那首曲子，可是它的难度太大了。要现在的年轻人来看，不过就是个老电影，但在我们那一代，提到现实主义的间谍故事，那非它莫属啊，它还有很多忠实粉丝呢。"

"电影好看吗？"橘问道。

"我不太喜欢。"与蒲生同样年长的花冈插话说。

"我喜欢《皱鳃鲨》。"说着蒲生咬了一口火鸡三明治，"那是个悲剧，所以喜好因人而异。男主角是个很有本事的间谍，也很受器重，但他一直孤身一人，无依无靠。到敌国卧底，装作普通人过日子的过程中，他逐渐了解到平凡生活的滋味。和邻居一起开心地喝酒，和附近的孩子一起烤面包，当他意识到自己其实也有可能过上这样的人生，生活就变得无比痛苦，因为他的感情明明那么真切，自己的一切却全是谎言。"

"那个皱鳃鲨到底是什么？"系着奇特花纹领带的琢郎问道。

"一种很恶心的深海鱼的名字。"花冈皱起眉头说。

"不过深海鱼大部分都挺恶心的吧。"琢郎笑着露出了他的虎牙。

"它有什么特征吗？"橘问。

"就我知道的范围，"蒲生先放个引子，接着说，"据说皱鳃鲨是世界上怀孕期最长的动物，长达三年半。它们是非常谨慎的生物。电影里皱鳃鲨是间谍的隐语，用皱鳃鲨来比喻那些在无比漫长的时间里，屏息潜伏在漆黑的海洋中，不断收集敌方情报、计划周密的间谍。"

"这曲子当真是樱太郎老师选的？"花冈问道。"没错。"说着橘把吃完的三明治卷包装纸揉成一团。

"面对你这样的美貌，竟然能联想到丑陋的深海鱼？那个男人也是够可以的。"

"……他说因为感觉很像间谍。"

"这都什么标准？"听到花冈无奈的声音，大家都笑了。"不过啊，要没有这样出众的外表，那就不像间谍了嘛。"琢郎开玩笑说。

从包装纸里渗出的辣椒酱悄悄滴落在指尖，橘心不在焉，过了好一阵才注意到有道鲜艳的色彩闯进自己的视线。

他用纸巾擦拭后，发现红色比想象中染得更深。

"假如小树是间谍，那间谍谁都能当了啦，小树一看就不像会撒谎的人。"

"撒点小谎我还是会的。"

"是吗？要是做了坏事，你肯定是那种把心虚写在脸上的人。但那正是你的优点所在。"

"老年人的眼力是很准的哦。"花冈顽皮地眨了眨眼。这时她身后的门打开，佳澄从走廊回来了。

"小澄，时间快到了，你不吃午饭吗？"

"我紧张的时候吃不下东西，今天就这样吧……"

收拾好用餐后的垃圾，橘从桌上拿起《皱鳃鲨》的乐谱。乐谱的角已经磨圆，黑色的封面上有细小的划痕。

现在他只想考虑上台演奏的事。

只有现在。

"请问，橘先生，可以拍个照吗？"佳澄握着手机问道。

"当然了。"橘伸出右手接过那个大手机。佳澄用的是动漫角色的手机壳，感觉稀奇的橘不禁一直盯着背面的图案看。

正给佳澄对焦时，梶山突然站起来。

"真是傻。"

"啊？"

"我是说，我的拍照技术绝对更好。我还负责过公司杂志的摄影哦。总之，橘你就站那边。"

橘不懂梶山在生什么气，手机也被他一把抢走。按照梶山"再往右边靠近点"的指示，橘顺从地站到佳澄身边。

演奏会马上就要开始时，浅叶再次来到后台。

"除了自己的出场时间以外，你们可以在观众席上观看其他人的演奏，也可以在后台里练习，由你们自行决定。我基本都待在舞台两侧。"

集体通知完后，浅叶伸展着手指走近橘他们所在的位置。后台里的紧张感相比早上缓解了许多，经过短暂的休息，学生们的神情也变得柔和了一些。

"肚子饿了。"浅叶嘀咕了一句。

"你没吃饭？"花冈问，"我的托特包里倒是有些零食。你呀，不好好吃饭可撑不到最后。"

"不是，因为彩排的时候检查了几个不满意的地方，结果错过午饭时间……"

"今年接太多钢琴伴奏了吧？当时也该找其他老师帮忙的。"

"不过都有乐谱，应该能搞定就是了。"橘抬起头看小声嘟囔的浅叶，他露出了疲惫的表情。

"没问题吧？"

"啊，说是检查，只是一些很细节的地方我自己不满意而已，正式上台绝对不会出现钢琴停顿的情况，这你可以放心。"

"我不是那个意思。"

"忙到连午饭都没吃，这怎么行？"橘一脸认真地说。"你现在说这个？"浅叶扑哧一声笑了出来。

"小橘，你这身是高定？"

"不好意思，都是租的。"

"要是有这么帅气的间谍，恐怕不管哪个国家都会毁灭吧。"听浅叶语带调侃的称赞，橘也笑了，紧张随之消散。

"钢琴的速度按彩排那样来，还合适吗？"

"希望稍微再慢点吧。"

"行。"

浅叶走向托特包找吃的。"喜欢的都拿去吃。"正在调音的花冈说。一旁的梶山正在擦拭大提琴的琴身，蒲生在给琴弓涂松香，琢郎则一直在拉埃尔加[①]的曲子，佳澄也表情紧张地翻开了巴赫的乐谱。

本该是无所事事度过的周末午后，却略带些许紧张，仿佛是一段特别的时光。

橘也拿起琴弓开始最后的练习。前四小节稳扎稳打。运弓要轻快，声音要深沉。

他决意努力。

哪怕这里是他无法留下的地方。

接到上台的信号，橘在后台的镜子前整理好领带，接着只拿起大提琴和琴弓走出走廊，自己的脚步声听起来异常清晰。

每迈出一步，所有的一切似乎也在逐一脱落。肩膀会不自觉紧绷的地方。手指要平放在弦上的地方。容易走调的那段旋律，常常拉得手忙脚乱的地方。

必须牢记的指示一个接一个从记忆中掉落。明明刚才还在重温乐谱，如今演奏哪个部分该注意些什么，全都不知飞到哪里去了。

脑海一片空白。

其他人在演奏前也会这样吗？

紧张等待登上舞台的这一刻，橘感觉自己只是音乐教室里一名普通的一年级学生。

[①] 埃尔加：爱德华·埃尔加（Edward Elgar），英国作曲家。

"来啦,备受期待的新人。"

登上昏暗的阶梯后,浅叶咧嘴朝橘笑道。"可以听到我的声音吗?"被浅叶这么一调侃,橘默默地点了点头。

狭窄的舞台侧边一角,只有操作台四周有微弱的灯光。站在那扇隔开舞台的大门前,紧张达到了顶点。

"总之先深呼吸,放轻松。什么鸡毛蒜皮的事全都忘掉吧。"

前一个节目由小提琴班的学生表演,那段著名的古典音乐旋律一直在脑中挥之不去。要是背的谱忘了可怎么办?新的不安掠过脑海,橘心下一惊,赶紧长出一口气。

前四小节稳扎稳打。运弓要轻快,声音要深沉。

"去享受演奏出每个音符的瞬间吧。这才是一切。"浅叶悄声说道。

每个人演奏的时间都不长吗?再过片刻,这首曲子也将画上句号。

"乐器奏出的声音,只在空气中振动一瞬间,然后迅速消失。音乐就是这些瞬间的连续。"

前一位学生的演奏结束后,厚重的门后传来掌声。

橘按住胸口,下定决心。这时浅叶开口:"小橘,今天你有叫人帮你录音吗?"

严肃而清澈的眼神中没有一丝玩笑的意味。

脸上没有笑容的浅叶看上去十分陌生,而他突然说出的意料之外的话语更是让橘感到全身的血液仿佛凝固了一般。

"也不叫录音,应该说录像?把自己演奏的样子录下来,以后也有用。我都忘记告诉你了。"

"……我没安排。"

"不知道有没有人帮忙拍一下。花冈他们应该已经在观众席上了。"

被如闪光般耀眼的灯光笼罩,眼底感到一阵刺痛。通往舞台的大门缓缓打开,各种各样的想法在脑海中搅成一团,橘逐渐觉得一切都变得不再真实。

每次举办演奏会时,三笠音乐教室都会为学生演奏的曲目支付相应的著作权使用费,而练习使用的乐谱也都是学生自费购买的。

所以仅限今天,橘没有收集任何证据。

"浅叶老师。"

"嗯?"

"我重新开始学琴时,其实并没有多大的热情,因为没有什么美好的回忆。"

橘的声音小得像咕哝。浅叶微微睁大眼睛。拉小提琴的学生迎面走来,仿佛一幕慢动作。

踏入舞台后,紧跟着自己不放的灯光让橘感觉有些麻木。带着探寻世界尽头的感觉,他缓缓环顾大厅内部。

从此刻开始,整个大厅都将变成那片深海的景色。

"第十三号,大提琴一对一课程的橘树先生。负责钢琴伴奏的是浅叶樱太郎老师。演奏曲目为小野濑晃的《战栗的皱鳃鲨》。"

橘行礼后坐下,将大提琴抱在胸前的那一刻,他感觉之前那些无比充实的时光似乎正逐渐溶解消散。

定睛望向大厅最深处,橘轻轻吐出一口气。

橘转头示意浅叶可以开始,钢琴声随即响起。仿佛光子不断被黑暗吞噬的旋律引出厚重的大提琴低音。

橘每次演奏大提琴，脑海中总会浮现各种景象。各种事物杂乱无章，来去匆匆。

追随战栗的弦音，橘迷失在自己的深渊中，越陷越深。这片深邃的海洋里既没有潜水艇，也没有丑陋的鱼。

这是用阴暗的想象构造出的虚幻远方。

而当眼前光景分崩离析，那天小巷里的恐惧闪现之时，不知谁的话语像字幕一般，在黑暗中亮起微光。

试着让琴声传到稍远处的小窗外。

整首曲子演奏完，也不过一瞬间。

橘所奏出的音符在诞生的瞬间便悄然消散，演奏结束后的舞台上空无一物。那些曾经堆砌出无尽噩梦的巨大恐惧的片段，也在音乐中渐渐融解，最终同样消失不见。

仿佛海水逆流入河般，橘的深海流向了小窗之外。

橘向观众席行了一礼，然后转身看向浅叶。穿燕尾服的男人挑起嘴角，现场的氛围一下子变得轻松。

这里是三笠音乐教室演奏会的舞台。

演奏者、伴奏者、听众，在场全员都像是一家人，找不到任何敌人的影子。后续还有老师的演奏，浅叶将演奏勃拉姆斯的曲子。

幕间休息时，礼服打扮的学生慢慢填满了观众席，大厅内的气氛显得盛大而热烈。交流会的成员坐在一起，橘坐在佳澄旁边。演奏会的推进似乎有些快，时间比原定的要早。

"好期待老师的演奏啊。"

佳澄向橘搭话，但橘的意识却早已飘远。

从观众席上看去，舞台显得十分遥远，他已无法回忆起自己刚刚站在那里的感觉。琴弓的触感也早已从手中消失。

"老师演奏什么曲子？"

"上面写的是勃拉姆斯的曲子，《五首歌曲》的第一首。"

橘没有直视那双熠熠生辉的眼眸，心中深深祈愿，演奏不要开始。

音乐一旦开始，终将迎来结束。

"大家的演奏都很棒，真是太好了。我从上课一直听到现在，今天真的是所有人都表现得最好的一次。"

演出结束后众人回到后台，浅叶抱着被赠送的鲜花，将大提琴课程的学生召集到一起。从早晨开始到现在，时间的流逝让他的前额多了一缕松散的发丝。

"老师的勃拉姆斯也非常棒！"

"谢谢。今年接了太多伴奏，差点以为要完蛋了，还好最后顺利完成演奏。"

穿过害羞笑着的浅叶身旁，已经解散的中提琴课程的学生陆续走向走廊。他们放松下来的声音让人回想起日常的状态。仿佛有什么突然破裂，后台里的色彩渐渐褪去。

这是仿佛被施了魔法的一天，匆忙而美丽的一天。

明天起大家将回归日常，回到平时的生活中。

"当时要是叫人拍个视频就好了。你演奏得非常好,没有留下记录真的太可惜了。"

在门口被浅叶叫住,橘连忙抬起头。

"……我太紧张了,什么都不记得。"

"这是你拉得最好的一次。可以看出你内心中对这首曲子已经形成了非常具体的意象。我也能感受到那个无依无靠的孤独景象。"

听浅叶这么说,橘终于意识到,自己估计真的拉得不错。

远处的小窗之外,除了自己,还有其他人在。

"你还是参考绘画作品来表现的吗?从图画上得到灵感之类的。"

"这次不是。那是我见过的光景。"橘低声道。

"这是什么意思?"浅叶笑了,"是不是说,其实你有潜水证?"

"虽然我没有,但差不多是那种感觉吧。"

"我也想试试潜水啊。"听到浅叶羡慕的语气,橘终于放松地笑了出来。

生活在深达千米的海底,拥有锋利牙齿、谨慎周到的皱鳃鲨,在孤独中游弋的丑陋间谍。

"另外,你在舞台侧边说的那件事。重拾大提琴还是很不错的吧?"浅叶问。

"是的。"橘点头。

他想,要是今天永远不会结束就好了。因为他讨厌从下周起又要在上课前按下录音键。

第二乐章

だいにがくしょう

⑦

《船难》

◐

交流会的成员似乎都深信不疑，
季节会顺利地从春天流转到夏天，
再从夏天过渡到秋天。

自橘树开始在三笠音乐教室学琴已迎来第二个春天,季节流转,时光飞逝。从开始卧底调查至今将近两年,橘在大提琴上也花了大量的时间。

星期五的晚上固定去上课,闲暇时间则出门自主练习。

他突然意识到,这些平凡日常的积累正逐渐构筑起自己的人生。

浅叶大提琴班的聚会依然如故,成员没有变动。学生们纷纷升学,佳澄升上大四,琢郎读完了硕士学位。橘也步入二十多岁的后半段,开始感受到与新入职场的员工之间的代沟。

逐渐融入交流会后,橘开始避免去思考自己真正的身份。为了让自己相信"在目黑区政府工作"这个假身份,他甚至会特意去关注目黑区的新闻。随着小小的谎言不断累积,他越来越分不清,哪个才是真正的自己。

橘是全著联派来的间谍,这个事实无人知晓。

"我买到小野濑晃的票了,秋季音乐会的。

"三年了,终于买到了,我真是太开心了。"佳澄兴奋的声音回响在餐厅的喧闹中。周六晚上的 Vivace 依然生意兴隆。或许因为正是举办迎新会的季节，团体客人比平时更加显眼。交流会成员坐在店内深处的桌子，橘坐的座位可以看清整个店内的情况。

点缀着翠绿罗勒叶的比萨被圆形比萨刀切成一块块。

"哇，真厉害。听说小野濑晃的音乐会门票竞争非常激烈。"

"你加入了他的粉丝俱乐部吗？"花冈大声问道，佳澄更是笑得合不拢嘴。尽管她们年龄相差如同祖孙，但两人关系亲如朋友。佳澄似乎也经常一个人来 Vivace。

"我妈妈加入了他的粉丝俱乐部，靠优先抽选抽中的。我自己申请的一般抽选全都落选了。前年和去年也都不行，所以这次抢到真的很惊喜。"

"哇——恭喜你。真好啊，现场听小野濑晃。"

"居然是那么厉害的东西。"蒲生白皙的脸上露出笑容。"那可是所谓的铂金票哦。"梶山把玩着比萨刀，咧嘴笑了。

"原来小野濑晃有举办音乐会啊。"

橘轻声加入话题，佳澄马上转头看向他。

"一般发售还没开始哦！"

"一般发售？"

"想靠一般发售抢到票的话，就得事先做好准备，而且网络必须够好才行。"佳澄罕见地凑了过来，无比热心的样子让橘有些吃惊。

对橘而言，小野濑晃只存在于耳机中，甚至从未想象过他会举办音乐会。橘一直以为，事先录制好的音源就是小野濑晃的全部，正如巴赫或勃拉姆斯那样的音乐家，一如历史上的诸多伟人。

在上下班途中听的作曲家中，只有小野濑晃还活着。

"我不太懂抽选和一般的区别。"

"抽选发售是通过抽签决定,一般发售是先到先得。和粉丝俱乐部的抽选不一样,一般发售每个人都能在各个票务网站上申请。运气好说不定就能抢到哦!我有个朋友就是靠一般发售抢到了偶像的演唱会门票……"

佳澄连珠炮般解释了一通。橘想,她显然是个铁杆粉丝,感觉她兴奋得几乎要握住自己的双手。"我运气不好,估计不行吧。"橘态度消极,佳澄的表情却很认真。

能去的话,他也想去小野濑晃的音乐会,但听这情况,恐怕很难抢到门票。

"我稍后发个链接给您,可以吗?里面有详细信息。"

"咦,好的。"

"那我发过去。"佳澄说道。她依旧很干练,橘想。佳澄看上去文静,但其实很可靠。一直都是她在负责安排聚会的时间,尽管还是个学生,却很了不起。

"不知道樱太郎老师是不是也申请抽选了小野濑晃的音乐会。"花冈慢悠悠地拿起比萨,马苏里拉奶酪拉出了丝。

"这个圈子里有好多小野濑晃的粉丝啊。"说着琢郎也拿起旁边的比萨。

大家干杯后边吃边聊了一阵,浅叶的缺席依然令人在意。

"今晚是史上第一次'无浅叶老师交流会'。"蒲生开玩笑说。

"终于变成没有主角的交流会啦。"花冈也张开嘴大笑道。

"毕竟老师没来参加的情况还是第一次呢。"佳澄边笑边把色彩鲜艳的甜菜沙拉夹到小盘子里。

浅叶在几天前提出不参加这次的交流会。

"那个大师班具体是做什么的？就算是浅叶老师，也会被挑一堆毛病？"梶山问。

"不知道那里的氛围是什么样的。"花冈歪了歪头，脖子上的颈链反射着光芒。

听说大师班是可以获得活跃在一线的演奏家直接指导的公开课程。与普通课程不同，大师班通常在短期内开办，更像是一种活动。这次浅叶参加的是专为职业大提琴演奏家开办的特别班级，连续三晚开讲。

橘昨晚的课程也因此延后了。

"我很好奇，像老师那样的水平，他们要从哪里指导些什么？毕竟老师跟我们的水平完全不在同一个层次上吧？虽然不知道那个第一线的大提琴家有几斤几两啦。"梶山调侃道。

"但那个人好像很厉害哦。"说着蒲生递出手机。橘也凑近去看屏幕，只见一位颇具大师风貌的西方人抱着大提琴微笑，看上去像古典音乐CD的封面照片。

"他就是今晚老师的老师。"蒲生补了句绕口的话，"据说他是柯蒂斯音乐学院有史以来录取的最年轻的学生，是十岁起就在美国各地举办独奏音乐会的天才，现在是世界顶尖的大提琴家之一。"

"好像漫画里的经历呀。"橘不禁低声感叹。

"是吧。"蒲生微笑着，光滑的脸颊放松下来。"这种人究竟会有什么样的人生观啊？"梶山带着几分羡慕说道。"放眼全世界，厉害的人真的好多啊。"花冈边说边拿起玻璃水瓶续上红酒。

"也真亏浅叶老师能在最后关头挤进这种人的班级啊。据说主办方是大提琴协会,也许是拜托了老师的老师帮忙呢。

"这个老师是指浅叶老师的大提琴老师哦。"蒲生俏皮地补充了一句。橘心中微微泛起一丝奇妙的感觉。

浅叶也有他的大提琴老师,这是理所当然的。

"浅叶老师之前也参加过这种专业级别的课程吗?"橘问道。

"那就不清楚了。"花冈轻笑一声。橘用自己的手机打开大师班的网页,上面列着报名要求和课程内容。教学曲目是海顿[①]的大提琴协奏曲和波佩尔[②]的练习曲。假如课程按计划进行,浅叶现在应该在挑战海顿的曲目。

第一线的大提琴家与浅叶之间究竟有多大的差距?

"抱歉打扰了。"听到服务员的声音,花冈转过头。"有装修公司的电话。"听到这里,连橘也抬起了头。

"你转告他们,明天我再给他们回电话,还有,壁纸的目录已经收到了。"

"装修?这家店的装修吗?"梶山问道。

"对。"花冈点点头。餐厅并没有给人特别陈旧的感觉,但现在一看,确实有些地方有劣化的迹象。

近两年来大家频频光顾这家店,对它都有深厚的感情。

"这样就挺好的啊,我对这里很有感情,总觉得有点不舍。"

[①] 海顿:弗朗茨·约瑟夫·海顿(Franz Joseph Haydn),奥地利作曲家,维也纳古典乐派奠基人。

[②] 波佩尔:大卫·波佩尔(David Popper),捷克大提琴家、作曲家。

"也不是说要大改特改店里的氛围啦,只是这店迟早要交给我儿子和儿媳,总得找时间维护下。而且既然要做,不如顺便弄个可以让乐队现场演奏的空间,我们是这么商量的。"

听到"现场演奏"这几个字,橘定睛凝视 Vivace 店长的脸。

"……现场演奏?"

"嗯,目前还在考虑,能办成是最好的啦。我和丈夫都喜欢音乐,身边也有很多会乐器的朋友,所以我想,圈子里有人提起的时候,我们可以提供场地让他们来演奏,应该会很好玩嘛。而且只要把环境整顿好,咱们说不定还能组个大提琴合奏团呢。"

花冈笑容满面地说着,餐桌上的氛围立刻变得活跃起来。

"这个我一定想做!"

"对吧?大家都想参加吧?"佳澄把手举到肩膀处,环顾在场的所有人。"不错啊,合奏团。"梶山也露出快活的笑容。

"我们也都参加过演奏会,是时候可以独立做点什么了吧?这里预计夏天开始装修,要办活动的话,就是在夏天之后了。还有半年时间,应该能准备个七七八八。大家秋天有什么安排吗?"

"我会配合大家的安排。"蒲生高兴地举手。"我得看论文的进展情况。"刚开始博士课程的琢郎说道。

"梶山先生呢,会不会正好碰上工作很忙的时间?"

"应该没事。不过有些日子可能没法参加练习。"

"小树也没问题吧?"

他们会不会演奏全著联管理的乐曲?挺有可能的吧?橘正走神,听有人叫自己的名字,吃了一惊。

"……我也可以。"

"那就只有琢郎还不确定。你日程定好后就跟我说吧。"

到合奏团表演的时候,橘的卧底调查应该早就结束了,他却忍不住轻易答应了下来。大家理所当然地问到自己,这让他非常开心。

"具体情况我们在黄金周前后开个会商量吧。小澄是不是接下来会很忙?我们至少得尽快把要演奏的曲子定下来。"

"对哦,已经到求职季了。"梶山感慨颇深地眯起眼睛。"到秋天应该能知道全部结果。"佳澄的微笑中带着一丝不安。

升上大学四年级的佳澄正准备参加幼儿园教师的招聘考试。

"公立幼儿园的考试我也打算去考一考,但竞争实在太激烈。希望能考上哪家私立幼儿园就好了。"

"公立幼儿园那么难考吗?"橘低声道。

"东京都内的尤其难。"佳澄回答。橘在三笠的休息室里听佳澄讲过不少去年她去幼儿园实习时发生的事。

"合格率只有百分之五。虽然我只是抱着重在参与的信念,姑且还是打算挑战一下。橘先生,您考公务员的时候,备考会不会很辛苦?特别区①也是龙门难登吧。"

听佳澄突然发问,橘打了个寒战。橘早已掌握卧底调查时使用的假身份的工作内容,但他对公务员考试的具体情况一无所知。

"我真的很不擅长数理推理。"

"那个我也不怎么会。"

---

① 特别区:日本的行政区划之一,只设置于东京都的中心部分,共23个。

"这还是只能靠刷题来提高吗？"

"好像是吧。"橘含糊其词，心里想着该怎么办。他向真正的东京都政府职员蒲生寻求肯定："开始上班后，那些全都忘得一干二净了，对吧？"

"这个嘛，毕竟我那是真的很久远的事了。"蒲生神情温和，眼角的皱纹更深了。

说些听起来像那么一回事的话就行了吧。橘稍做停顿后回答道："我觉得无论什么类别，通过反复做题总能掌握解题方法。毕竟这种考试很少出现新题目，也不要求有什么特别的灵感。总之就是记住解题套路，反复练习就好了。"

橘只是虚张声势，随便糊弄过去，佳澄却认真地点了点头。她的黑眼睛瞪得大大的，仿佛得到了重要的启示。

"对了，那个公立幼儿园的考试是什么时候？"

"笔试在六月下半月，如果侥幸通过，之后还有实务考试和面试。而且我还要准备私立幼儿园的求职考试，真的忙得不可开交。所以我希望合奏团的演奏会能安排在十月以后。"佳澄提议道。

"那我们就配合你的时间来安排。"花冈微笑着回应。

橘到三笠开始卧底调查是在前年的六月，第一次上体验课那天，他记得外面还下着雨。

"大师班是到十点结束吧？时间还挺久的。"

"不晓得老师会不会拉琴拉到肌肉酸痛倒地不起呢。"说着花冈看了一眼时钟。"老师又不像我们这样。"梶山吐槽道。听着近两年来司空见惯的悠闲对话，橘心想，自己完全没有实感。

再过不久就要和这些人分别了，大提琴也必须归还。

"合奏放在十月的话，结束后马上就得开始演奏会的练习了，否则来不及。年底因为进入年终聚餐季，我们店里也会很忙。我想干脆来添置一件新礼服，给自己鼓鼓气。"

"这才刚进入新的一年，花冈女士，你未免想得太远啦。我现在一点都不想去考虑工作计划。"说着梶山喝了口啤酒。

不知不觉眼前已经摆上了草莓吉拉朵，今晚的聚会已近尾声。

交流会的成员似乎都深信不疑，季节会顺利地从春天流转到夏天，再从夏天过渡到秋天。而橘脑中的日历在卧底调查结束的六月戛然而止，无法翻到下一页。

浅叶曾说，音乐的生命源自想象力。

而连自己稍远一点的未来都无法想象出来的橘，或许真的是一个缺乏想象力的人。

"刚才我给作词家海部老师打过电话了，但老师不在，稍后应该会回电。至于新数据的录入，目前正按计划进行。我这边就这些情况。那下一个，小橘。"虽然听到这句话，橘却顿了一下才反应过来。

"好好听人讲话啊。"凑瞅准这一瞬间的空当小声挖苦道。

主持会议的女职员矶贝则笑着责备他说，这么讲有些过分了。多亏这位半年前结束育婴假后调来的前辈职员，这个长期以来只有男性的团队，工作氛围逐渐有所改变。

橘已经完全适应档案部的工作，对日常事务没有什么特别的感觉。

"我这边也在继续录入新数据。另外发现有四份申请单漏填内容，正在重新确认。上周以来,海外团体的咨询一直在增加,导致进度有所延迟,不过预计月末更新数据库前能赶上。"

"哪个国家?"

"韩国和英国。"

橘回答凑的提问,但话题没有继续下去。外国歌曲的著作权往往涉及多个权利人,核实的时候总是费时费力。

上午的会议室显得有些空旷,光线也很昏暗。仅仅数人使用这个房间实在过于宽敞,而为了节电,后半部分的灯也没有打开。这冷清的画面让橘联想起他独自一人坐在卡拉OK店派对包厢里的情景。

一旦卧底调查结束,他再也不会去附近的卡拉OK了吧。

不只是那家卡拉OK,Vivace、二子玉川车站,当然还有三笠的休息室,他都不会再去了。

"那么,这周大家也一起加油把工作做好吧。今天天气有点怪呀,没下雨却阴沉沉的。"说着矶贝抬头望向窗外。

"感觉会让人头痛啊。"凑苦着一张脸说。"我也对气压的变化很敏感。"矶贝也跟着聊起天气的话题。同事们不知怎的就聊得起劲,橘没有理会,心里想着归还大提琴之后的生活。

忽然变得空空荡荡的房间,自己承受得了吗?

午休时,橘突然想起一件事,便重新查看佳澄发来的消息。昨晚佳澄发来一个链接,橘还没打开看。

链接打开后是一个票务网站,页面显示着演出的详情。

小野濑晃音乐会 The Play

似乎早在东京之前，今年春天小野濑晃已经在外地举办了演出，门票自然也是一抢而空。负责管弦乐演奏的是 T 交响乐团。看到 T 交响乐团橘就想到，这是那个浅叶跟他们闹翻后分道扬镳的乐团。尽管为时已晚，自己也不是当事人，橘还是替浅叶感到懊悔，觉得他错失了一个良机。

小野濑晃东京的演出定于九月中旬的两天，感觉似乎还很遥远。

到那时，证人质询估计早就结束了。即使橘放弃在三笠学琴，与大家分别，站上证人席之后，日子好像仍会继续下去。

一般发售在周六开始，如果没睡过头，应该能尝试一下。音乐会上肯定会演奏被誉为小野濑晃代表作的《雨日迷途》吧。而且听说《皱鳃鲨》有很多忠实粉丝，说不定能听到现场演奏。

尽管几乎不可能抢到票，橘还是决定试一试。

即便一切都结束，只要还能留下一点期待，或许可以勉强熬过去。

"您要去小野濑晃的音乐会吗？"

用荧光笔在台历上做记号的时候，橘把手机放在了桌上。小野濑晃举着指挥棒的特写照片，以及"门票一览"按钮的字样在屏幕上闪烁着光芒。

听到银铃般的声音，橘抬头一看，总务部的三船就在面前，把他吓了一跳。

"……我还没买票。"

"小野濑晃的粉丝非常多，要抢到票挺难的。有追了好多年的死忠粉,也有那种'有机会就去听听看'的人,范围非常广,对吧?橘先生,您是哪一类人呢?"三船问道。

"我是后者。"橘回答后,全著联头号美女露出整齐的牙齿笑了。

"您来三楼有什么事吗?"

"那台多功能复合机坏了,我正要去叫维修人员。"

此时橘已经感觉到凑投来的目光,心里有些烦,三船却很快结束对话:"祝您抢到音乐会的票。"说完便爽快离开。之前有段时间她似乎总缠着自己,最近也许是腻了,几乎都没再碰过面。这是与三船久违的一次谈话。

在票务网站上注册好会员后,宝贵的午休时间也结束了。下午的工作让人感到倦怠,做什么都提不起劲。

他的脑海中一直回响着巴赫的《无伴奏大提琴组曲》。

两周不见的浅叶今天看上去格外无精打采。

"上周突然停课,对不起啊。由于讲师的原因取消掉的课是可以补的,你哪天有空的话可以告诉我,工作日和周末都行。"

浅叶的语调很柔和,态度却十分冷淡。橘不禁反思自己是不是做了什么得罪他的事,却想不出任何头绪。由于平时的浅叶一直表现得很开朗,一旦脸上少了那份笑意,总让人觉得有些奇怪。

橘想,他可能是心情不好吧,但还是弄不清楚。

"大师班感觉怎么样?听说讲师是个很厉害的人。"

橘主动挑起话头,浅叶却只回了句"嗯,对"。橘突然感觉自己有义务努力一下,笨拙的关心却显得有些徒劳。

"聚餐的时候大家都很好奇他给老师教了些什么。印象中好像是要演奏特定曲目？"

"演奏海顿和波佩尔。"

"噢。"

"我不太会拉海顿，所以正好。"

"这样啊。"橘边说边把外套挂在衣架上，感觉短暂的沉默令人尴尬。拿起大提琴之前的这段时间似乎变得无比漫长。到这里上课以来，橘还是第一次碰到这种情况。

浅叶的状态有些反常，但指导一如既往地精准。

"这里的颤音你太用力了，给人感觉比较沉重。因为是C弦，它比较粗，但你不用按得太紧，要轻盈一点，像蜻蜓点水。像这样。"

说着浅叶示范了同样的部分，他的指尖动作精彩，目光却依然空洞无神。"来，你试试。"浅叶说。橘便模仿他的指法，但感觉自己也难以集中精神。

从去年开始学的大提琴谱《小野濑晃名曲集》收录了小野濑晃的所有知名曲目，而橘一直在练习《雨日迷途》，接受长时间的细致指导后，他认为自己越来越熟练了。

这堂课上，浅叶罕见地有些紧张，反复交叉手臂又放下。

"基本已经差不多了，现在你要更明确这首曲子的意境。它展现的是一幅什么样的情景？是倾盆大雨，还是淅淅沥沥的小雨？情景不同，演奏方式也不一样。好的演奏一定能传达出明确的意象。不能凭感觉演奏，你要让这首曲子在你心中的意象变得更加具体。"

浅叶的要求依然十分高，橘心想，但他很认同这个说法。这首曲子他已经听了无数遍，却从未考虑过雨势的强弱。

"现在你带着这个意识再听一遍。"浅叶说。于是橘从头开始听浅叶演奏《雨日迷途》。随着音乐的展开，橘逐渐听懂那场雨的情景。

那是一场清晨时分的太阳雨，哗啦哗啦落下的声音听起来非常舒服。

临走前，橘忽然问道："对了，您抽到小野濑晃的音乐会门票了吗？"浅叶低声回应："没有，没抽中。"尽管浅叶本人情绪低落，他身上连帽衫胸口处的标志却格外显眼，上面有个大大的"MARVEL"。

"听说佳澄小姐用粉丝俱乐部的优先权抽中了。"

"哎，真厉害。"

"原来小野濑晃会办音乐会啊，我吓了一跳，因为一直都没有这种印象。听他们说一般发售还没开始，我也打算试试。"

"一般发售可是分分钟就没的，我觉得根本抢不到。"

"对了，您知道合奏团的事了吗？花冈女士应该跟您说过了吧。"

为避免出现沉默的瞬间，橘拼命找话题把对话继续下去。而平时都是浅叶自然而然地承担起这个角色。此时橘才深刻认识到，自己之所以不擅长人际交往，正是因为不懂怎么扮演这个角色。

"哦——好像说那家店要翻新……"

"您会来听合奏吗？计划是在十月举办。"

浅叶不耐烦地抬头看了一眼时钟，说："看情况吧。"橘则迅速穿上西装外套。君子不立危墙，今天还是早点离开为妙。

"那今天谢谢您。下次见。"

"啊，补课你要定在哪天？"

听到浅叶毫无起伏的声音，橘转过身，琴房的门正开到一半。

"下周三怎么样？"橘随便说了个日期。

"如果稍晚一点的话，那天我有时间。"浅叶边说边翻看拍纸本，"从八点开始可以吗？"

"没问题，只要不是提早，几点钟都行。"

"话说小橘你几岁？"

浅叶突然换了个风马牛不相及的话题，橘心想今天他确实有些反常。少了平时的开朗后，浅叶仿佛变了个人。

"……今年二十七。"

"好小。"

"我们年纪差不了多少吧。您只比我大两岁不是？"橘笑着说。

"那下周三见。"浅叶轻轻关上了门。

尽管早就知道结局，内心还是隐隐有些期待。橘一直有这种自欺欺人的幻想，或许事情还存在一些转机。

"关于证人质询的日程……"盐坪开口的瞬间，一股难以言喻的强烈羞耻感便蹿上橘的脊背。

"应该会安排在七月。具体怎么做证需要跟律师协商，所以你先写一份报告给我，用实地调查委员会的名义来措辞。六月份你就按原定计划退出三笠。"

"明白了。"橘答道。盐坪嘴角微微上扬，露出了少见的轻松表情。橘有些疑惑，但转念一想，这也是理所当然的。

这个任务自己做得很好，投入了将近两年的时间。

"非法使用的乐曲清单你再单独列一份表格出来，这会是重要的证据。"

被灰色钢制书架围住的地下档案室一角，只有墙壁格外白净。这里的景象没有季节感，因为没有阳光的照射，时间仿佛也停滞了。

"三笠非法使用我们管理的乐曲，这点没什么意外，更重要的是，这是你亲眼见证的事实。身为全著联的职员，你花了两年时间在三笠音乐教室学琴，这个事实至关重要。

"大提琴的技术有没有进步？"听到盐坪带着一丝玩笑的语气，橘差点火冒三丈。"如果你学得开心就更好了。"盐坪细长的眼睛眯得更细了。

"不妨当作爱好继续学下去嘛。当然，是在三笠以外的地方。"

"……是啊。"

才不是爱好。橘本想大声抗议，结果只挤出一个假笑。

"你立大功了，小橘。虽然没遇到什么特别大的困难，但也很辛苦吧？每周都要去三笠，装作热心学习的学生，甚至还参加了演奏会。"盐坪低语道。

他说得仿佛一切都是自己在演戏，让橘感到十分不快。

一直以来全身心投入大提琴的时间，好像一下子都变成见不得人的东西，橘不自觉地揉搓起左手指尖。

因反复按压坚硬琴弦而变得厚实的指腹。

一切都只是为了在法庭上做证。

"报告可以在连休过后再交。毕竟数据库更新的期限快到了，档案部的工作也很重要。那么，剩下的几节课还请继续努力。"

进入新的一周，来自各方的咨询骤然增多，新数据的录入因此有所延误，橘也无暇动手写调查报告，却得以暂时逃避即将来临的，他难以接受的现实。

"今天去哪里打发时间了吗？你等很久了吧。"

"我加班后才来的。"说着橘把包放在琴房墙边。

"加班到这么晚真是辛苦啦。"浅叶如往常一样露出微笑。好像感冒痊愈一般，浅叶神态自若，仿佛上周那节课上的样子只是一个幻觉，今天的他显得格外愉快。

周三补课这天，橘打算告诉浅叶自己不学琴了。

"因为赏花季还没过，所以工作很忙吗？区立公园好像有个什么活动来着。"

"跟那些活动没有关系，工作上本来就有很多时限。"

橘一边揣摩浅叶的表情，一边苦苦思索如何开口。区政府的工作不存在调动，而且自己单身，也没有家庭方面的借口。

要说自己对大提琴失去兴趣，显然是个蹩脚的谎言。

"小橘，你夏天到秋天要做什么？"

浅叶突然抛出这个直击要害的问题，让橘的心脏猛地一跳。

"夏天到秋天？"橘下意识地重复了一遍。

他没有注意到，坐在椅子上的浅叶紧紧交叉着双臂。

"没什么特别的安排，就正常上班而已。"

"到时我可能会请个假。不过还没确定啦。"浅叶低声说。

"要去哪里玩吗？"橘问道。不知为何，他的脑中闪过"也许是去匈牙利"的念头。

浅叶可能想去曾经留学的地方度假吧。

"不是,只是想稍微认真地练习一下。"

"练习?"

尽管浅叶定下的目标很高,脸上却笼罩着一层羞涩的阴影。

"我打算参加一个比赛。今年可能是最后一次机会了。"

浅叶的眼神锐利得让人无法靠近,橘不禁想起曾几何时在三笠网站上看到的讲师介绍文案。

> 浅叶樱太郎,毕业于匈牙利李斯特音乐学院。

"因为还要和教室方面协调,这次只是私下先说一声。毕竟像上次那样突然调课也不好,会影响到大家,所以我想先通个气。今天估计能把《雨日迷途》顺利收尾。"

浅叶迅速转移话题,橘也因此错过插话的时机。"下一首要学什么?"浅叶哗啦哗啦地翻着乐谱。

浅叶显得有些兴奋,仿佛在掩饰什么。

"夏天快到了,干脆开始学《船难》吧。它虽然标题夸张,实际上是一首很悠闲的曲子,就像暴风雨来临前的宁静之类的感觉吧,很有小野濑晃的风格。"

浅叶热切的劲头让橘根本说不出"我不学了"这句话,而琴房里的气氛也让他很难开口说"祝您比赛顺利"。

浅叶心底似乎有一种与橘完全不同的焦虑在燃烧,却没有一丝火焰。

合奏曲目

自己一直以来从事的工作并没有错，
它是有意义的。

全日本音乐大赛是国内兼具权威和传统的顶级音乐赛事之一。无数往届获奖者通过这个比赛开启了他们的音乐生涯，社会上也普遍认为大赛名副其实是年轻音乐家飞黄腾达的关键一步。

大提琴组的参赛年龄上限为二十九岁。

"樱太郎老师怎么突然起了参加比赛的念头？我一直以为他对这种比赛毫无兴趣。"花冈有些意外地轻声说道。"可能是在大师班上受到鼓励了吧。"一旁的蒲生笑着说。

黄金周第一天，炙热的阳光宛若初夏，二子玉川车站附近热闹非凡，到处是亲子游客。这两三天气温猛地攀升，街上已有不少人穿上了短袖和凉鞋。橘望着眼前的人行道，心想早知道就穿凉鞋来了。

车站附近的一家咖啡馆露台上，合奏团正在开会。

"还是实际一点吧，咱们这个阵容，演奏难曲是不可能的，还是选择简单的曲子，努力把它合奏好才是。"

"起码小野濑晃的曲子肯定不行。"梶山斩钉截铁地说道。"但如果不演奏自己喜欢的曲子，大家都没动力坚持下去吧？"蒲生毫不退让，脸上挂着圆滑的笑容。梶山一贯谨慎，蒲生则比较随意，两人的思维方式似乎从根本上就不一样。

或许是因为会议由梶山在主导，现场氛围像工作一样热烈，很难想象大家只是在筹备一场业余演奏会，而且还是在熟悉的餐厅里举办的。

尽管彼此的意见有所冲突，但聚会的氛围总能保持融洽，这也是它的优点所在。

"可是你想嘛，难得有这个机会，为什么不挑战一下那些老师不让我们在演奏会上演奏的曲子呢？所以我才说小野濑晃。"

"不让我们在演奏会上演奏的曲子，基本上都是我们无法驾驭的曲子。"

"别说这么伤心的话，这是我们的兴趣爱好呀，挑战一下嘛。"

梶山轻轻拍了拍手，说道："不，我们还是简单点来，简单点。"虽然身上穿的是粉色高尔夫衫，但他的言行举止完全是职场上的那一套。

"况且我们的救命稻草浅叶老师也可能变得很忙，还是量力而行，稳妥一点吧。到时候可是有观众的哦！正式上台的时候搞砸，那可比什么都惨。"

"但要找简单的曲子，也很难找到合适的。"佳澄边操作手机边无奈地说道。她用"大提琴"和"合奏"两个关键词来搜索，却始终找不到适合这个人数的乐谱。

橘听着大家的讨论，心里在想什么时候道歉比较好。

他需要退出合奏团，可以说，由于工作上的原因无法参加了。

"果然人数太多了？但也有那种，百人一起演奏大提琴的活动不是吗？"

"四重奏的话，乐谱倒是能找到不少。"

四重奏是指弦乐四重奏，由四种弓弦乐器组成的合奏形态，通常是两把小提琴、一把中提琴和一把大提琴。不过如果全部用大提琴来演奏，又会有不一样的韵味。

"琢郎，你有什么好主意吗？你之前在大学的乐团待过吧？有没有我们六个人可以演奏好的曲子，水平正合适的那种？"

梶山向坐在桌边喝果汁的琢郎问道。琢郎笑了笑，说："没有。"琢郎给人一种小学生的感觉，显得有些迟钝。他个子高高瘦瘦，穿衣风格始终有点不够时尚。橘和琢郎之间的交流并不多，或许是因为彼此兴趣不太相投。

琢郎吸完最后一口果汁，笑嘻嘻地举起一只手。

"正好现在气氛不错，我能不能趁机道个歉？"

"怎么了？"

"秋天的计划比预想的还要多，可能没法参加练习，所以我还是不参加合奏了。"

琢郎伸出单手手掌比了个道歉的手势，他的手指很修长。他也许无意如此，但总给人一种随意敷衍的感觉。

"你特地来开会，还点了杯香蕉奶昔，结果跟我们说这个？！"

"反正下午也要去三笠上课，我就顺便过来嘛。"

"看来得重新找五重奏的乐谱了。"花冈低声说。橘觉得如果要说出来，现在就是最好的时机，于是小心翼翼地开口。

"那个，其实我也是，工作方面好像有点不妙……"

他含糊地解释说，自己也没法参加合奏了。佳澄惊讶地轻呼一声："啊？"花冈则捂住嘴说道："哎呀呀。"

"连小树都不能参加了？我们一下子少这么多人。"

"抱歉，因为工作排不开。"

佳澄问："合奏当天您能来吗？"橘一时不知如何回答。

橘会以全著联证人的身份出庭，但除了参加庭审的人以外，不会有其他人知道这件事。法庭上除了三笠方面的证人和公司高层之外，应该不会有别人了。虽说所有人都可以旁听庭审，但花冈他们出现在旁听席上的可能性微乎其微。这个案件确实在网上受到关注，然而一般人对企业间的诉讼并不感兴趣。

如果只是稍微去Vivace露个面，应该问题不大。

"我应该可以去听合奏，大概。"

"橘先生不能参加的话，那还是放弃小野濑晃的曲子吧。"说着蒲生沮丧地垂下肩膀。"你还在执着于小野濑晃啊。"梶山无奈地吐槽。

几经周折后，合奏曲目最终定为帕赫贝尔[①]的《卡农》，弦乐四重奏的经典之作。曲中同样的旋律反复叠加的和声进程被称为"黄金八和弦"，这种独特的结构一直沿用到今天的流行音乐中。

随着细节逐渐敲定，橘心中越来越强烈地感到，自己也想参与其中。

每次待在这个圈子里，他总能暂时忘掉工作的事。

"对了，当天除了我们，还有其他人上台吗？就我们演奏《卡农》的话，顶多五分钟就结束了。"梶山问道。

"我是打算问问身边也玩乐器的朋友。"花冈把手指交叉在一起。

"那叫浅叶老师也来就好了嘛。"蒲生不假思索地笑道。

[①] 帕赫贝尔：约翰·帕赫贝尔（Johann Pachelbel），德国巴洛克时期作曲家、管风琴家，《卡农》是其最著名的作品。

"那得看比赛的结果吧。"佳澄顿了一下，有些犹豫地说道。

全日本音乐大赛的决赛时间比合奏演出的预定日期更晚一些。

"决赛临近的话，恐怕他很难抽出时间。这次还是不要麻烦他了。"

"不过总有一天要让他还这个人情，老是来吃霸王餐。"花冈开玩笑道。"但是决赛前也不好说吧。"琢郎这话像是泼了盆冷水。

听到这个不合时宜的发言，橘也不禁将视线转向桌子的另一端。

"什么叫不好说？"

"照常理来想很难吧，那可是全日本音乐大赛呀！"

琢郎毫不掩饰的话语让气氛有些紧张，仿佛大家心照不宣的那层幻想一下子被打破了。

橘他们从没质疑过浅叶的实力，但对音乐界的了解并不多。

"我当然希望浅叶老师能获奖，但古典音乐的世界非常可怕，那些人都是来真的，全身心投入的。浅叶老师确实很优秀，但他一直有时间和我们喝酒玩乐，对吧？我觉得，在顶尖的那个层面，可能比我们想象的要严酷得多。哎，这些都是我道听途说来的啦。"

他嘿嘿一笑，露出虎牙。琢郎曾是大学管弦乐团的成员，似乎听说过一些这个圈子的故事。

橘一直没能鼓起勇气问浅叶，为什么突然决定参加比赛。他总觉得，万一问得不合适，可能会深深伤害到浅叶的自尊心，所以迟迟没有开口。

"结果还没出来，你别说这种话。"

"我不是在说老师的坏话，只是说那个圈子真的很恐怖。"

"我认为老师能行。"梶山站在浅叶一边。也许是想转移话题，佳澄拉高了声音说："那我找找《卡农》的乐谱吧。"

"这也不是咱们该争论的事。"蒲生那天生的快活性格缓和了紧张的气氛。

"如果老师获奖,那太好了;就算失利了,我们也可以说声辛苦了。其实就是这样而已嘛。我们只需要支持他,不用说太多闲话。若到时有什么万一,我们就邀请浅叶老师在合奏的时候拉一曲吧,让他拉拿手的小野濑晃。"

"那得申请乐曲使用许可啊。"橘低声说道。花冈马上转过头来。也许是因为这句话说过太多次,他讲得格外流畅。

甚至橘都很讶异自己竟然会脱口而出。

"申请?什么意思?"

"……向全著联申请乐曲使用许可,全日本音乐著作权联盟。您没听说过吗?"橘小心翼翼地问道。

"就是最近在网上被骂得很厉害的那个组织吧。"琢郎忍俊不禁。他那带着轻蔑意味的反应让橘有些生气。

当事者花冈则表情茫然,感觉事不关己。

"名字我听过。但这种小规模的活动应该不需要申请吧?"

"关键不在规模,而在于演奏是否具有营利性质。合奏演出当天,来店里的客人会支付饮料和饭菜的费用吗?"

"当然会。"

"那这样使用乐曲就属于营业性用途,需要申请许可。"

"申请之后会怎么样?"花冈带着一丝疑惑问道。在仙台分公司上班时,这个典型的问句橘已经听过无数遍。

从一开始听说要举办现场演奏时,他就隐约觉得会有这样的结果。

对于卧底调查的行为橘心怀愧疚，但毕竟一码归一码。

"只是演奏区区一两首曲子，居然要特意付钱给那个机构？如果要花到五位数以上，我老公肯定会犹豫的。"

"像这种一次性的演出，费用应该只需要几百日元，具体金额取决于店铺面积和人均消费。如果只演奏著作权已过保护期的古典音乐，就不需要申请。反过来说，如果是流行音乐，就必须申请……规定大致是这样。确切来说，是指作曲家去世后未满七十年的乐曲。比如小野濑晃的作品。"橘补充道。

"橘先生对这方面很了解啊。"佳澄张着嘴惊讶地说。"我大学读的专业方向就是这个。"橘连忙解释。佳澄则轻轻地"哦"了一声。

仿佛被某种力量驱使着，橘完全停不下话头。

"真的所有人都会做这种申请？没申请的人肯定更多吧？就为了给它交几百日元，那不是很麻烦吗？大规模的音乐节或演唱会还好说，可我们用的是自己的店面，演奏的曲子也顶多就一两首。"

"……确实有很多人是这么想的。但是花冈女士，如果同样的逻辑用在Vivace餐厅上，出现很多人吃霸王餐的情况，虽然金额都很小，您也肯定会头疼吧？"橘委婉地解释说，"餐厅提供食物和场地，因此可以收取相应的费用，同样地，音乐家也通过提供音乐而获得相应的报酬。"餐厅经营者花冈听完目光有些游移，苦笑道："你这么一说，也是啦。"

"顺便问一下，你们觉得小野濑晃是怎么生活的？"

橘环视众人，梶山回答道："他肯定过得不错啊，毕竟是个名人。"蒲生也笑着说："他现在住在纽约，是吧？"

橘知道，继续这样热切地讲下去会让人起疑，但他就是无法停下，仿佛在给大家上课似的，话越说越多，舌头都快不听使唤了。

"那么，支撑小野濑晃生活的收入来源是什么呢？是著作权使用费。当然他也从事演奏工作，所以这并不是他唯一的收入来源。但在他的收入中，著作权使用费应该是最主要的部分。著作权使用费是从 CD、演唱会，以及各种使用他乐曲的渠道中逐渐积累而来的。利用音乐所获得的收益，必须有一部分返还给著作权人。如果不坚持这个原则，艺术家的生活就难以维持，世上就不会有新的音乐诞生了。如果没有著作权使用费的征收系统，音乐很快就会失去未来。"橘说边在心里为自己打气。

自己一直以来从事的工作并没有错，它是有意义的。

"既然小树都说到这个份上……虽然麻烦，我还是去申请一下吧。"

听花冈改变态度，橘也松了一口气。

如果 Vivace 打算继续举办音乐活动，总有一天会被全著联的蒙面调查盯上。事情万一闹上法庭，Vivace 根本没有胜算。

也是为了避免这种情况，橘认为有必要在这里说服花冈。

"听说可以直接在网上申请。如果今后还要举办现场演奏活动，每次都提前申请就行了。"

"对了，三笠和全著联的诉讼案有进展吗？"琢郎突然一边滑着手机屏幕一边问道。

"诉讼？"花冈皱起眉头。

"你不知道吗？"琢郎的笑容带着几分戏弄。

橘一下子觉得坐立不安，急忙伸手去拿冰咖啡。

玻璃杯上密布的水珠感觉就像手心在出汗。

"全著联现在被三笠起诉了。"

"啊？三笠起诉全著联？为什么？"

"这事还挺大的。我们这些学生不是在琴房里上课吗？自然会在里面演奏一些曲子，对吧？全著联说这也算正儿八经的演奏，要给他们付钱，所以三笠把他们告上了法庭。"

"这是什么道理？！"花冈的声音带着责备，刺耳得让橘恨不得立刻从这里消失。

"上课时的演奏根本没法听啊，老是出错，还断断续续，那也能算是演奏？"

"所以才会被猛烈抨击啊。他们打算靠这个每年赚十亿。"

"要是樱太郎老师因此没法生活，流落街头怎么办？"花冈说得一点都不像玩笑话。咖啡馆前的人行道上阳光刺眼，正午时分的影子非常短。

一旦身份暴露，他们会蔑视我吧。想到这里，橘感到眼前一片漆黑。

在空无一人的办公室加班，橘感觉现实感逐渐变得模糊。档案部和隔壁的财务部都已经没有人了，窗外早已夜幕低垂。

橘正敲打键盘写调查报告书，心中忽然涌起一种奇怪的感觉。

将过程写成文字后，感觉好像也不过如此而已。

实地调查委员会在此次调查中，为证明三笠音乐教室（以下简称"三笠"）长期侵犯管理乐曲的演奏权，派遣了调查员前往三笠音乐教室二子玉川分店。调查员每周参加一次"大提琴高级班·一对一课程"。第一次上体验课时，讲师A告知调查员称："如果喜欢流行音乐，完全可以只演奏流行音乐。"调查员随即表示希望演奏流行音乐。从第二周开始，45分钟的上课时间中，调查员基本都在演奏管理乐曲，以及聆听讲师的演奏。

课程中涉及非法使用的乐曲清单详见附件。

根据三笠的决算资料，去年的业绩还算不错，营业收入大约是四百九十亿日元。虽然橘没法详细解读这些数据，但看到相比上一年增长了约10%，他知道业绩绝对不差。

即使每年需要支付十亿日元的著作权使用费，三笠的业务也不会因此受损，确认完这一点，橘终于松了一口气。把已经变温的罐装咖啡当水一样喝光，他关掉浏览器中显示三笠决算资料的标签页。

浅叶是讲师，并不是三笠的正式员工。

想到万一因为自己参与了这个案件而给浅叶带来麻烦，橘就坐立不安。

新近开始练习的《船难》确实是一首曲名与曲调不匹配的作品。橘纳闷，小野濑晃到底是出于什么想法，才给这首曲子取了这样的名字？如果真像浅叶所说，这首平静的音乐象征着暴风雨前的宁静，橘不禁产生一个讨厌的念头：或许这个世上没有任何事物值得信赖。

"今天你整体上有些用力过猛。深呼吸，放松肩膀。旋律部分拉得不错，但进入后半段后，节奏有些偏快。刚才的部分再来一遍吧。"

浅叶指示道。橘将乐谱架上的乐谱翻回到前一页，瞥了一眼时钟，时间已是课程的后半段。每次刚换新的练习曲目后，上课时间总是过得飞快。

橘依然没找到合适的时机提出要离开。

"小橘，你差不多可以考虑买一把自己的大提琴了吧？你是公务员，应该有钱的嘛。"

听浅叶半开玩笑地这么说，橘吃了一惊，这时机也太不合适了。

"主要是因为来回背着琴不方便吧？这样的话，上课的时候可以继续用这把。你都这么认真地坚持练习了，奢侈一回也行嘛。上次我去熟悉的乐器店时，发现他们又进了一批新琴。"

浅叶兴高采烈地推荐着，橘却在这时感到良心的谴责。自己再上几次课就要走了，哪里还会去买大提琴？

浅叶做梦都不会想到，眼前的学生其实是全著联派来的间谍。

"买这种大件的东西，我还是有点犹豫。"

"乐器可是能用一辈子的啊。而且看得出来，你平时也没怎么乱花钱嘛。"

"我还在还助学贷款，所以不太想贷款买东西。虽然很想买就是了。"

橘借着部分事实婉拒了浅叶的提议。浅叶回应道："原来如此。"他的语气听起来有一丝不谙世事。在以往的闲聊中，橘已经察觉到浅叶那无意识中的富足。

"既然这样就算了。我单纯是觉得时机正好。"

"……老师当时决定买这把大提琴的原因是什么呢？

"我就是好奇。"橘补充道。

"决定的原因？"浅叶重复了一遍。

橘低头看大提琴的琴身，熟悉的颜色让人有一种亲切感。这是橘在琴房里拉了将近两年的大提琴。然而它并不是自己挑选的，而是三笠音乐教室随机提供的租借品。

不知为何，虽然不打算买，橘却想知道如何选择一把乐器。

"我是试琴的时候选了一把感觉对的琴。就是自己觉得这把琴不错，这把琴的音色是最美的。"说着浅叶将手掌放在他自己的大提琴侧板上。那把经过精心保养的琥珀色乐器看上去质感很好。

"我对那种'感觉对'没有自信，所以想了解一些普遍的标准。有没有什么辨别好琴的方法？比如说，外观应该是什么样，或者试琴的时候听起来要什么样才比较好？"

"不要用一般的标准去选择自己的乐器。'感觉对'和'心动'都是因人而异的，只要这把大提琴你觉得好，那它就是世界上最好的大提琴。当然啦，如果要说产地和工坊什么的，那就没完没了了。只不过，这些其实都是别人的标准吧？我的乐器是我的，你的乐器也是只属于你的。你只能相信自己的直觉。"

"比如说……"浅叶突然倾身向前，做出意料之外的动作。

"这支圆珠笔，你当初选它的时候是看中了什么？"

浅叶把笔高高举起的瞬间，橘全身不由得一阵战栗。

录音笔。

"……那是别人送的。"

"哦，是这样啊。女朋友送的？"

"亲戚送的。"橘答道。

"你很珍惜这支笔嘛，不错哦。"浅叶在不锈钢圆珠笔旁边笑着说。

他与麦克风的距离近得可以录到呼吸声。

你的声音会爆掉哦，橘心想。

在那么近的距离继续说话，录下来的声音会大得可笑。

"送这支圆珠笔给你的那个人，他也是根据自己的判断标准来选这支笔吧？比如外观、书写感，还有重量？估计也不是仔细对比完所有产品才下决定，可能是在店里拿起这支笔时，他感到这支最合适，所以就送给了你。"

这支笔并不是亲戚送的礼物，而是上司给的调查设备。盐坪才不可能专门跑去店里精心挑选录音设备，这种东西就是在供应商的网站上点击购买而已。

橘感觉自己身体里的力气在一点点流失，恶心得几乎要作呕。

"我一直在想，你怎么总是用同一支笔。我的笔总是很快就会弄丢……"

闭嘴吧，橘心想，你根本不知道这支笔是什么。

它正在录音啊。

录下你的每一句话。

"我可以从头再拉一遍吗？"橘忍不住打断浅叶。

"啊，抱歉，"浅叶边说边挠了挠后颈，"最近闲聊的时间确实有点长了。"

橘再次开始演奏《船难》，草率而粗糙的音色格外刺耳。

与这首曲子平静的曲调毫不相称，简直糟糕透顶。

时间飞快流逝,不知不觉又是一周过去。

"我觉得他们肯定有什么奇怪的误会。"

"误会?"橘反问道。

"他们的误会就是以为我们档案部肯定很闲吧。"矶贝嘴上抱怨,双手则抬起一个扁平的箱子。橘也抬起这个装满小碗的容器,发现它比看上去要沉得多。

准备高层临时会议后的午宴,这个杂务莫名其妙地被分配到档案部,橘也被安排参与其中。他们的紧急任务是将各个小碗正确摆放到松花堂便当的多层方木盒里。

平时职员不能进入的顶层会议室格外宽敞。

"为什么这件事要叫我们做?照理说是总务部的活吧。"

矶贝的西装领子上别着的公司胸章闪闪发光,那是全著联的鲜红标志。按照惯例,参与大会准备工作的职员必须佩戴公司胸章。

当然,橘的领子上也闪耀着同样的胸章。

"说到总务部,三船小姐今天也出席了大会吧。"

"是吗?"

"不过你还是抓紧把便当摆好吧。"矶贝发着牢骚,用手机查看松花堂便当的摆放示意图。左前方是炖菜。听到矶贝的指示,橘开始找装有小碗炖菜的箱子。

"听说她总被叫去参加那些大人物的聚会,看来美女确实有优势。毕竟连小橘你都只能乖乖在后面装便当。"

"要是每次都被叫去参加大会,我觉得还是在后面装便当更好一些。"

"小橘你也站在三船绫香那边？"

矶贝语气里满是失望，虽然橘无所谓，但还是有些不乐意。就算被叫去参加大人物的聚会，也只是件麻烦事而已。

今天来参加大会的是全著联的正式会员，随后安排的午宴则是理事们的聚会。现在排列在桌上的多层方木盒的数量，正等于那些顶层人士的数量。橘思考到这里，却还是无法想象高层聚在一起共进午餐的情景。

那些顶层人士知道我的存在吗？

他们只知道，有个档案部的年轻人在三笠卧底吗？还是说，他们已经知道我的脸和名字？盐坪和实地调查委员会到底向上级汇报了多少？在这间陈设庄严的会议室中央，橘突然感到一阵恐惧。

我是不是接了一个极其可怕的任务？

"清汤是等大人物来了之后再倒热水分发的吗？我有点记不清了。"

"应该是那样没错。"橘回答道，同时抬头望向大窗之外。站在顶层的高度，天空不受树枝遮挡，乍一看景致很好。

然而眼底下只是一片宁静的住宅区，这里不是什么摩天大楼，无非是一座办公楼罢了。

没过多久，盐坪告诉橘，调查报告已经上交给高层。

"报告写得很好，评价也很高。领导还亲自叮嘱我，要好好奖励调查的职员。"

橘皮笑肉不笑地说了声"谢谢"，感到胃里一阵绞痛，仿佛正在一锅沸腾的水里煮着的不适感让他心烦意乱。不知是不是压力太大，橘这几天状态一直不太好。地下档案室里人造的明亮光线让他更加郁闷。

他轻轻将手放在胸口，感到一阵奇怪的似曾相识之感。

"我会根据那份报告来制作用于庭审的文件。律师负责申请证人出庭。等证人质询的日期临近时，我们再具体商量。别担心，看你这么擅长演戏，到时候只要按指示去做就行了。"

在盐坪看来，对三笠的卧底调查已经算是完成了。他的表情说明了一切。"等卧底调查结束，我们来好好庆祝一番吧。"盐坪迫不及待地低声说道，橘则完全跟不上他的思路。

"小橘，你喜欢吃什么？干脆我们提前庆祝。"

"我在三笠的课还没上完。"

"等卧底结束后再庆祝吧。"橘补上一句。

"你真是认真啊。"盐坪露出笑容。

书架上陈旧纸张的气味突然蹿入橘的喉咙，传来一阵刺痛。站在这片灰白的景色中，他感到逐渐迷失，不知现在是何时，也不知自己身在何处。

这种感觉让他猛然一惊。

重拾大提琴之前，他常有这样的感觉。

"小橘，你差不多可以考虑一下组织内的人际往来了吧？你现在也不是新人了。别担心，聚餐不会太拘束，你就当来混个脸熟。你已经和三笠的讲师和同学道别了吗？"

"还没有，一直找不到合适的时机。"

不知不觉中，这件事竟然完全从橘的记忆里消失了。现在回想起来，大概这一年左右他才不再受到失眠的折磨。在那之前，无论睡着还是醒着，每天总会觉得不舒服。而不再害怕那个噩梦，也只是最近的事。

就像快速把乐谱翻回第一页，橘一口气回想到这里，脑中忽然产生一个疑问。

那个噩梦究竟是什么样的噩梦？

"不过，你之后还会再见到三笠的讲师的，在法庭上。"

"……啊？"

橘下意识地流露出无礼的语气，但他已经没有多余的心力去收回这句话。

胃里像是被猛踢了一脚般的钝痛让他一时无法呼吸。

"……那个，在法庭上是什么意思？"

橘感到一阵头晕目眩，根本无法理解盐坪在说什么，脊背像被冰柱刺穿般，止不住的恶寒笼罩全身。

盐坪没有发觉橘的动摇，滔滔不绝地说了下去。

"三笠也不傻。他们在举证书的证人栏上看到你的名字后，肯定会马上调查你的身份。'这个声称上课时侵犯演奏权的人到底是谁？'查一下学员名单，他们很快就能知道是你。那么，被这个叫作橘的全著联职员暗中调查的大提琴讲师，又是哪间教室的哪个人呢？为了反驳我们的证词，三笠方面自然会把你的讲师列为他们的证人嘛。"

说着盐坪笑了起来，而橘无言以对。

——"我打算参加比赛。今年可能是最后一次机会了。"

"不过，我们都已经拿出如此确凿的证据，三笠还能主张什么呢？难道他们还要装蒜，坚持说音乐教室不是'公众'场所吗？"

为了参加人生最后一次比赛，浅叶不惜找其他老师来代课。在预选赛前的关键时刻，如果被卷入这样的诉讼，怎么可能毫无影响？假如卧底调查的事情曝光,三笠方面肯定会拼命从浅叶那里问出详细信息。一旦他被迫作为证人出庭,哪里还顾得上什么比赛的练习?

而且在这个时刻,他发现跟自己关系很好的学生竟然是全著联派来的间谍。

万一如此,浅叶会怎么想?

"这是怎么回事?"

盐坪指了指橘,橘低头看向自己的左胸。

"……前几天的临时大会,我被叫去楼上帮忙。"

"原来是这样。我还以为你这么热爱组织呢,差点被感动了。"

橘摘下那枚鲜红的公司胸章,丢进胸前的口袋。回工位后得把它放进抽屉里。在如此紧急的状态下,这个颇为现实的念头在脑中一闪而过,显得异常滑稽。

身处巨大的不安旋涡中,唯有这件事显得无趣而无谓。

9 厚重的透明墙

这既不丢脸，也不可耻，
它不是你应该感到羞耻的事情。

小野濑晃音乐会门票一般发售的当天，橘把学生时代的笔记本电脑塞进包里，背上大提琴盒，早早便走出家门。

刚开门的卡拉OK店里没有其他顾客。橘在前台拿了写有房间号的小票，随后确认了Wi-Fi密码。由于家里没有装设网络，他不得不来到这里。

一些分享抢票经验的网站提到，用电脑而不是手机抢票，成功的概率会更高。虽然不知道这种说法是否准确，但值得一试。

橘坐在宽敞的派对包厢一角，等待开售时间的到来。靠窗的地方光线明亮，他坐的沙发周围却显得有些昏暗。正觉得肚子饿时，手机的闹钟响了，这表明距离开售还有五分钟，橘立刻打起精神。按照攻略网站的建议，橘打开扬声器播放时钟报时，有点认真过头的举动让他自己都忍不住笑了。

时间正到十点整，橘刷新票务网站的页面，电脑屏幕上的画面瞬间切换。从选择座位开始，他迅速确认取票方式、支付方式，很快就看到了确定按钮。

橘毫不犹豫地点了确定，手机上随即收到确认的邮件。

那是来自票务网站的通知，表示他成功抢到了小野濑晃音乐会的门票。

橘有些意外，这似乎和他预想的抢票情景不太一样。他想，该不会碰巧这次比较好抢？但看了看社交媒体，发现很多人都在抱怨没能抢到票。而再次刷新票务网站后，上面显示门票早已售罄。

他不太明白情况，可能只是新手的好运气吧。

橘拨通内线电话点了一份炸猪排咖喱，服务员很快送来一份速食咖喱。味道不算好，但足够温热。他意识到自己很久没有感到这么饿了。拿着质量粗糙的勺子叉起薄薄的猪排时，他漫不经心地抬头看了一眼包厢电视的屏幕。

虽然不认识那些正在交谈的艺人，但感觉也还不错。

吸了一次鼻子后，眼泪便一滴滴流下来，微弱的叹息声也从紧咬的牙缝间溜出。他弓着背低声啜泣，呜咽声在这间采光不足的包厢内回荡。高涨的情绪一下子平息后，橘感到大脑变得清晰起来。他重新握紧勺子，大口大口吃起咖喱。

他决定撑下去，至少到音乐会那天。

刚开始调音，A弦就"啪"地断了。本以为还有备用弦，偏偏只有备用的A弦用完了。无奈之下，橘离开卡拉OK店。这时一天才刚刚开始，周末的住宅区给人一种松散的氛围。

如果只是买新的琴弦，那去池袋就行了。

平时的橘不会跑这么远。

这次他换乘电车来到二子玉川，在三笠大厦一楼买了A弦。接着在车站附近第一次找到的卡拉OK店里练琴,感觉心情出奇的好。温习了几遍正在学的《船难》后,橘从大提琴盒里拿出另一份乐谱。他悄悄买下的,巴赫的《无伴奏大提琴组曲》。

虽然不能完美演奏,但能拉自己喜欢的曲子依然很快乐。

不知不觉傍晚悄然来临,手臂的疲累快到极限,橘心想是时候回家了。这附近他来了近两年,对车站周围的商店却依然不太熟悉。原本想去车站前的综合商场看一看衣服,但才迈入门口的那瞬间他就嫌麻烦。一楼的广场上有许多亲子和情侣,正在举办的新车发布活动也很热闹。

假如退出三笠,恐怕他再也不会踏足这里。

这时耳机里的音乐突然中断,陌生的铃声在耳边响起。很少听到这个即时通信软件的来电铃声,橘疑惑了一下,迅速从口袋里拿出手机。

看到屏幕上的名字时,指尖顿时僵住了。是浅叶。

"……喂。"

"哦,你接了啊。现在在干什么?"

"没做什么。"橘故作镇定地回答。电话那头传来一阵轻笑。因为猜疑心太强,哪怕是普普通通的言行,橘也觉得其中暗藏玄机。

快到承受的极限了。

好想尽快和所有人断绝关系,让自己彻底解脱。

"有什么事吗?特地打电话给我。"

"没什么,就是想找个人今晚陪我喝一杯。花冈在店里忙,梶山有家要顾,琢郎嘛先不提,青柳实在是不好意思叫她出来。还有谁?哦,蒲生也有老婆,不方便突然叫他出来。"

"这个排除法倒是厉害。"橘说道。

"哎呀，开玩笑的啦。"浅叶语气轻松。他一直是个好人，从第一次见面起就没变过，性格很招人喜欢。要是他哪怕有一点点卑劣之处，橘也不至于受到良心的谴责。

如果我毁了浅叶的机会，我还能原谅自己吗？

"我们还没单独喝过酒呢，这次正好。我最近感觉有点卡住了，听我发发牢骚吧。你现在在家吗？就近的车站是哪一站？"

"就近的是池袋，不过我现在在二子玉川。"橘回答。"咦？为什么？"浅叶笑着问。"琴弦断了，所以来三笠买。"橘解释道。"特地跑那么远？"电话那头的浅叶扑哧一声笑了出来。

与合奏团那次一样，橘很不擅长当场拒绝邀请。

"你在二子玉川还有别的事吗？我现在过去要花不少时间，如果你要回趟家，我可以去池袋找你。"

"没事，我还要回卡拉OK，就在二子玉川见吧。"

"莫非你带着大提琴？"浅叶问。"去卡拉OK总不能空着手吧。"橘回答。"一般都是空手去的吧。"浅叶吐槽道。

电话挂断后，广场的喧嚣声又涌入耳中。

嘈杂与静谧竟如此相似，橘再次忘记自己身处何地。

浅叶出现在碰头地点时已是微醺。

"……正常来说，约了人出来，应该不会自己先喝吧？"

"我稍微早到了点。本来就是突然叫你出来，不好意思再叫你改时间。"

"我不是说在车站前的卡拉OK打发时间吗？"橘语带无奈。

"毕竟河滩在呼唤我。"浅叶微微泛红的脸颊上露出狡黠的微笑。接着他坦白自己已经在河滩上喝了两罐酎嗨①。橘听完懒得多说什么,只低声嘀咕了一句:"小心被警察叫走。"

背着白色大提琴盒的浅叶则咧嘴一笑。

见面之后,一切又回到了平常的样子。刚才那种因为内疚而无法动弹的感觉也已经烟消云散。

什么间谍啊、庭审啊,反而更像是虚构的故事。

"我其实不太能喝酎嗨,体质不太适应。"

"我想您也知道,我可不是照顾人的料……"

"别担心,我是接下来会一直很清醒的类型。"

"您刚才在上课吗?"橘瞥了一眼他背着的大提琴盒问道。"上我自己的课。"浅叶回答。因为准备参加比赛,他似乎也在接受老师的指导。

虽然两人约在二子玉川站见面,但浅叶说想去的酒吧在河对岸,结果他们还是踏上那座熟悉的桥。浅叶之前独自在河堤上喝酎嗨的地方已是漆黑一片,向下望去,黑暗仿佛深不见底。

"您居然有兴致在那种地方一个人喝便利店买来的酒。"

"但实际上有不少和我一样的人哦。"

"说真的?"橘反问。"真的,就是这样。"浅叶用一种奇怪的语调笑着回答。虽然他爱喝酒,但酒劲上来得也很快,脖子已经泛红了。

"那里那么黑,什么都看不清,您居然知道周围有人?"

"大家都在玩手机,看到手机的亮光就知道了。"浅叶说。"也就是

---

① 酎嗨:一种预调酒。原本是以日本烧酎为基底,混合苏打水等调制成的饮品,后来各种烈酒基底调配其他饮料后也被称为酎嗨。

说您也在玩手机?"橘问道。"别小瞧我了。"浅叶立刻回击。

浅叶喝醉后话就变多,这点倒是和往常没什么两样。

"人生变得艰难的时候,首先就不想见到光亮吧。所以我才特意下到河堤去,结果那些家伙却一个个还在那里闪闪发光,真让我火大。这个世界,连这么一点小事都不能如我所愿。"

浅叶推开酒吧的门,一条陡峭的楼梯直通地下。橘已经有段时间没来过这家酒吧了,连里面香烟的味道都让人觉得怀念。店里的客人不多不少,稀稀疏疏地坐在宽敞的空间里。酒吧十分安静,客人的谈话声也不大,整体氛围非常沉稳。

浅叶带橘走到一个三面被墙围住的桌子旁,从入口看过来正好是个死角。橘不禁有些意外。以浅叶的性格,橘原本以为他会选择坐在吧台前,和店主一起开心地聊天。这个狭小的 U 形空间里只有一张无人使用的桌子。橘想起浅叶在电话中提到,他感觉有点卡住了。

或许这个男人其实也很在意别人的目光。

"你那个包挺大的,装的是什么?"

"电脑。"橘答道。

"你有需要带回家的工作?"浅叶问。两个大提琴盒并排靠墙放下后,地面的空间更加狭窄了。

橘坐在靠里面的座位上,可以从这条死胡同里看到外面的景色。

"其实这台电脑很厉害……我可以炫耀一下吗?老师估计会很羡慕。"橘先铺垫道。

"可以啊。"浅叶点点头。

白天的那份喜悦再次涌上心头，橘的嘴角忍不住上提。

"我买到小野濑晃的票啦。今天的一般发售上抢到的。"

"真的？"浅叶惊讶地瞪大了眼。"真的哦。"橘有些得意。

"我听说一般发售几乎不可能抢到，所以吓了一跳。好在我完全按照攻略网站的建议操作，而且我常去的卡拉OK的网络太强了，帮了大忙。总之，这是我人生中最幸运的一天。"

"那你还有多出的票吗？！"

"多出的？"

"我本来就只买了一张。"橘说。

"一般买票不都是先买两张？"浅叶夸张地捂住额头。

"我不知道一般怎么做，再说也没有跟我一起去的人。"

"就算当时没有，谁知道演出那天会发生什么呢？！呜哇，要是知道你能买到票，我肯定会拜托你的……"

店主递上菜单后，浅叶并没有打开，直接说道："给我一杯双桶麦卡伦加冰，再来一杯苏打水。"橘则稳妥地选择了健力士啤酒，接着随意点了一些小吃。酒端上来时，橘才发现浅叶点的是威士忌。平时他很少接触洋酒，除了 Vivace 以外，几乎不在别的地方喝酒。

干杯的那瞬间，橘突然觉得今天真是奇怪的一天。

先是赢了小野濑晃音乐会门票的争夺战，激动得在卡拉OK里哭了出来，然后为了买一根 A 弦特地跑到二子玉川，接着因为接到浅叶的电话而莫名地战栗不安，最终不知怎的来到这里喝酒。

开始喝酒时浅叶的眼神已经有些迷离，橘很是担忧。

"今天的课怎么样？"

"非常微妙。感觉非常尴尬,很难受。"浅叶倾斜着宽底酒杯说道。他本来就喜欢喝酒,但如果是因为压力大而喝,那就有些危险了。

"我突然说要参加比赛,老师都惊呆了。毕竟我已经淡出很多年了。如果有这样的打算,从一开始就该好好下功夫才是。早干什么去了嘛。"

"现在参加比赛算太晚?"橘鼓起勇气问。

"姗姗来迟啦。"浅叶泛红的脸颊勉强露出一个笑容,"我的老师都吓到了,他说'你居然还没放弃啊'。这也难怪,自从和T交响乐团闹翻后,我就只是个在三笠教课的讲师而已。"

浅叶的自嘲让橘感到意外,同时也有些不自在。或许是察觉到橘的心情,浅叶苦笑着说:"听老师跟你抱怨这些,你也觉得伤脑筋吧。"

"其实我并不讨厌当老师,"浅叶继续说,"我的学生都很用功,经常一起聚会的大家待我都很好。还有像现在这样,喊一声就愿意出来陪我喝酒的好学生嘛。虽然不是什么特别受人追捧的职业,但我还挺喜欢的,当个社区音乐教室的老师。并不是只有站在音乐厅里、沐浴在聚光灯下的人才是音乐家,对吧?""是的。"橘点点头。

他假装没有注意到浅叶说的这句话像在虚张声势。

"刚才给我上课的那位老师,我跟他一直学到高中。他为人比较严肃,现在依然对我多有照顾,但要说在音乐上是不是特别合拍,那答案是否定的。假如有人问我的老师是谁,我肯定第一个回答是汉斯老师。他是个固执又古怪的老头。"浅叶露出怀念的微笑。

"第一次见他时真是挺吓人的。他块头很大,话又不多,我用磕磕巴巴的语言自我介绍,心里直打鼓。结果他突然开始翻找后面的架子,问我:'你喜欢小野濑晃吗?'然后面无表情地拿出好几张CD给我看。

当时我还纳闷这是怎么回事,后来才明白,他是用自己的方式在关心我。毕竟我是个从亚洲来的十几岁小孩,不知道为什么看上去很怕他。"浅叶露齿而笑,"这故事不错吧?"

橘点头回应:"确实是个好故事。"这是橘第一次听他讲起在匈牙利的往事。浅叶支着胳膊靠在桌子上,身体的姿势逐渐歪向一边。

"他是个很棒的老师。大提琴的技艺自然不用说,我更佩服的是他的人生态度。他厌恶权威,讨厌比赛,反感形式化的教育,尽管在顶级学校任教,却没有一点架子。当年我在国内青少年中也是小有名气,只不过能去欧洲留学就自鸣得意,多亏他狠狠教训了我这个小屁孩。之后我就再也没参加过比赛。其实他们那边大多是这样的风气。"

浅叶凝视着杯中琥珀色的液体说道。

"至少不像日本这样顽固地看重比赛。他们认为,短时间内练熟指定曲目,这能算真正理解了这首曲子吗?我也认同这种观点。那边找工作的时候,很多地方也不太在意比赛的获奖经历,比起虚名,他们更看重实力。但是,我现在生活的地方已经离那里很远了。"

浅叶的语气逐渐失去了之前的劲头,就像蜡烛的火焰慢慢变得微弱。

可能是灯光的角度问题,这时橘才意识到,也许这个男人确实不再那么年轻了。

"你知道我今天为什么叫你出来吗?"

"……因为叫不到花冈女士和梶山先生?"

"都说那是开玩笑了啦。"浅叶笑得肩膀直颤,但他那双大眼睛看起来比平时更加锐利。

"大多数人，当我认真向他们倾诉烦恼时，他们总会自作主张地安慰我，说些'你现在已经很厉害了'或者'比赛一定会顺利的'之类的话，就像放在谁身上都合适的占卜似的。但这辈子我最讨厌的就是言不由衷的安慰。所以我才叫你，因为你不是那种会说无聊安慰话的人。"

见识到浅叶强烈自尊心的一鳞半爪，橘的眼睛一眨也不眨。

"……那个，我并不是你说的那种了不起的人。"

"这一点，就是这一点。你就是这样反而更容易让人羡慕嫉妒。小橘你肯定是独生子吧。"浅叶忍俊不禁。

"这有什么关系？"橘讶异地眯起眼睛。结果浅叶笑得更厉害了。看起来很会照顾人的浅叶，实际上是家中的老幺，上面有一个哥哥和一个姐姐。

点了第二杯酒之后，浅叶说起大师班的事。

"我是春天出生的，前阵子刚过生日。之前我从未在意过年龄的问题，但一想到再过一年，我二十多岁的时光就要结束了，就算是我也有点措手不及。全日本音乐大赛的参赛年龄上限是二十九岁。二十九岁！你能相信吗？二十九岁以后的人生明明还很漫长，但在那之后就被切断了。二十九岁的演奏和三十岁的演奏之间，究竟有什么不一样？还是说，只是我没察觉到，其实存在某种决定性的差异？"

服务员端来两杯威士忌，橘也拿起其中一杯。在浅叶"每次都喝啤酒也很无聊吧"的怂恿下，他点了这杯自己不确定能不能喝的酒。轻轻抿了一口后，橘感到舌尖微微发麻，除了酒精度数很高之外，他并不能品出什么特别的味道，但在这个场合下，感觉好像更有派头。

橘的意识开始慢慢变得模糊。

"在大师班上,格雷格夸奖了我。那个世界级的演奏家夸奖了我,说我的大提琴音色非常好。那是我人生中最开心的时刻之一。但很快他又问我,你对舞台不感兴趣吗?"

"舞台?"橘疑惑地问。

"对,舞台。"浅叶重复道,"他应该是看了我提交的履历表。格雷格是美国人,和日本人一样看重比赛。在大型比赛中获奖,受到瞩目,从而开辟出成为独奏家的道路,这才是标准的做法。每个人都理所当然地相信这一点,而且格雷格成功做到了。他问我,为什么你没有参加比赛,而且语气有些惋惜。"

酒精让浅叶的眼睛有些湿润,他瞪着一旁的墙壁,闪烁的目光既如少年般清澈,又隐含着年岁已长的成年人的阴影。

"那一瞬间,我感觉如梦初醒,那是从匈牙利时期一直持续到现在的漫长梦境。我一直很不屑地看着那些拼命参加比赛的日本旧友,傲慢地以为我对待音乐比他们认真多了。在演奏会之类的场合,我老是自以为是地说些大道理,不是吗?"

浅叶征求橘的同意,橘却找不到合适的话来回应。

"无论是在狭小的琴房里演奏,还是在华丽的音乐厅里演奏,为他人演奏的音乐不分高低贵贱。这是我的真心话。无论在哪里演奏,音乐的价值都不会因此而动摇。这是我在匈牙利时,从汉斯老师那里学到的教诲。可是,我真的能打心底里这样认为吗?当我意识到自己即将连参加比赛的机会都没有的那一刻,我终于明白了。"

浅叶的声音失去了力度,微微颤抖着。

"我想在更大的音乐厅里演奏,比琴房更大、比音乐酒吧更大。我不想只是在三笠的讲师演奏会上登台，而是用自己的名字吸引观众。我和普通人一样，也有那些我曾以为无聊的欲望和虚荣心。这次的全日本音乐大赛是我最后的机会。我想获奖，成为独奏家。汉斯老师已经不在了，我必须为自己的人生掌舵。如果现在放弃，我死的时候一定会后悔。"

浅叶的低语在这个死胡同里逐渐消散。他喝了一口苏打水，接下来的时间里，两人陷入了沉默。

"……不过，我并不讨厌在三笠当讲师。你能懂吗？"

浅叶微微抬起头问道。"我懂。"橘回答。在仿佛被浓雾包围的思绪中，橘的思考开始缓缓倒转。

怎么做才能让浅叶以澄澈的心境去参加比赛？

"你知道电影《泰坦尼克号》吗？讲的是一艘豪华客船撞上像这么大的冰山然后沉没的故事。"

浅叶用指尖轻轻戳着浮在威士忌里的冰块。他的语气和平常聊天时一样，关于大赛和匈牙利的话题似乎已经结束了。

橘意识到自己已经完全醉了，无暇去为他人担忧。

"我特别喜欢其中一个场景。船逐渐沉没，而在甲板上，一群已经下定决心的音乐家开始演奏。他们没有选择逃离，而是一直演奏到最后一刻。在那种绝望的情况下，只有他们的音乐在抚慰人们的心灵。这简直是我理想中的人生。"

浅叶一本正经地说。橘忍不住笑了出来。

"这不是该笑的地方吧。"浅叶有些不满地摸了摸后颈，"毕竟他们就那样沉没了不是吗？那真是最糟糕的死法了。我也不想淹死啊。但人总有一死吧？既然如此，我希望能像他们那样，潇洒地带着尊严离去。不过嘛，我的人生大概不会出现电影那样的戏剧性场面了。

"小橘你就没有吗？那种让人觉得尴尬的妄想。"浅叶有些赌气地问道。

"怎么突然说这个，没有啦。"橘把目光转向手中的酒杯。

"每个人都有吧，拯救人类然后英勇牺牲之类的妄想。"浅叶嘟囔着抱怨道，"你啊，就是这一点不好——顶着张帅脸，就自己一副无动于衷的样子。"

"我可不想为拯救人类而死……"

"那不就显得我一个人像个傻子吗！一直在这儿说什么比赛啊，被人夸奖所以怎样怎样啊，最后还扯到了为了拯救人类而死，我明年就三十岁了欸。今天不听你说一些糗事，我绝对不离开这家店。"

浅叶说完又灌了一口酒。橘心想，这下麻烦了。虽然早就听说过很多次他喝醉后很难应付，但刚才那种感伤的氛围让橘放松了警惕。

浅叶的眼睛已经因醉酒而蒙眬，看上去却反而异常敏锐。

"说实话，这里是不是有一道墙？你和我之间。"

"墙？"

"是啊，一道巨大而厚重的透明墙。我在这种事情上直觉特别敏锐。小橘，你肯定有什么重要的事在瞒着我。哦，看你这表情，我说中了吧。"

浅叶不客气地指着橘，橘不由得嘴角上扬。"您真会说笑。"橘边笑边喝了一口高度数的酒。

好奇怪的味道，奇怪到他完全停不下大笑。

"话都说到这了，全都倒出来吧。反正也不是什么大不了的事。"

"这种说法不正是老师您讨厌的那种，放谁身上都合适的占卜吗？谁还没有一两个不能对别人说的秘密呢。"

橘突然觉得这一切非常可笑，忍不住放声大笑，笑得停不下来，笑得无法控制。如果现在把一切都说出来，或许能让自己感觉轻松些。自首的话，罪责可能会减轻一点。与其被裁判文书揭露真相，不如自己主动坦白。

就告诉他吧，你面前的这个人，其实是全著联派来的间谍。

"你说得这么有自信，我反而更想猜中了。有没有什么提示吗？"

"不是，说什么提示……"

说出这句蠢话后，橘的笑意更是无法抑制，连面前死胡同里的景色都在摇晃。而他仿佛就是走进死胡同的老鼠，这种处境同样让他感到荒诞可笑。一切都显得那么滑稽，让人难以承受。

无论如何，遭到抨击的那一天很快就会到来。

"其实要我说出秘密也无所谓。"

一首西洋老歌的爵士改编版轻柔地回荡在酒吧里。

进店时，橘不慎忘记确认门上的贴纸。如果那里没有贴着全著联的红色贴纸，他就必须向管理总部报告。

著作权法第22条，上演权和演奏权。

未经许可向不特定人群播放流行音乐属于侵犯演奏权的行为。

"我小时候在夜路上差点被绑架。"

随后冒出的这句话连橘自己都感到惊讶。这种感觉就像突然混淆了左右。咦？他在心里犯嘀咕。

为什么会说出这样的话，他自己也搞不清楚。

"那个，这是该笑的地方，干吗表情那么严肃。"

"……不，这不是该笑的地方。这可不是什么笑话。"

浅叶的回应让橘感到一丝恐惧。

不知何时，浅叶脸上的笑容已彻底消失。

"不妙啊。"橘苦笑着说。他伸手去拿威士忌杯时，才发现自己手肘以下的部分正微微颤抖。

心脏猛跳的声音好似敲门，而且越来越近。

"抱歉，都是我害气氛变得有点怪。但那是很久以前的事了。当时我读初一，也不算小时候吧，我的认知好像有点不对劲。不过，长大后再看路上的初中生，您不觉得他们比记忆中的自己要稚嫩得多吗？但现在这些都不重要了。我再解释一下，您别误会，那不是什么大事，既没有上新闻，我想也没报过警，毕竟最后只是未遂而已。这种事在社会上其实挺常见的吧？说来奇怪，我总会往那个方向去想。看到跟我气质相仿的人，我就忍不住会去想，他是不是曾经也被拖进黑暗之中？我想就是因为这件事，我才会对他人感到恐惧。说实话，我并不在乎一定要抓住犯人什么的，反而是从那天起我就坚信，这个世界根本不值得信任。一旦稍有不慎，人就会被拖进黑暗里。我不再学大提琴也是因为那件事。它就发生在我从大提琴教室回家的路上，结果整个家变得混乱不堪，最惨的是乐器也被毁了。当时我很喜欢大提琴，因为独自一人也可以演奏。不学琴后，好像也没人再欺负我了。小孩子都是笨蛋，看到别人背着个大乐器就感到害怕。如果是小提琴，情况就不一样了。因为家附近背着大提琴的就只有我一个，还挺显眼的。我家没有钱，宅子却很大，只有外观看起来像是大户人家。或许在某些人眼里，我看起来像个富家少爷吧。从小到大，别人也总是议论我的外貌。事到如今，我也不明白究竟什么才是决定性因素。"

十几年来积压在心中的情感突然跳出框架，混杂在一块。

仿佛被浊流推着冲走一般，话语止不住地倾泻而出。

"那件事发生后不久，我开始做梦，在大提琴教室的后巷里被强行拖进面包车里的噩梦。一开始好像只是在反复回忆那件事，但不知不觉中，梦境逐渐被黑色涂抹，最终只剩下一片漆黑。不知道为什么，我总把那里当作海底的景象，每次被噩梦魇住，我都觉得是关于深海的梦。长大成人后，噩梦也一直伴随着我，实际上直到最近，每天晚上依然都是那个噩梦……"

橘双肘撑在桌上，垂下头去，浅叶则回头望向吧台。"请给我一杯水。"浅叶说完，橘仿佛被拉回了现实，周围的声音逐渐传入耳中。

他喝了一口服务员新端上的水，但话头依然停不下来。

"……前几天您不是问我，为什么不买大提琴吗？"

"对。"浅叶重重地点了点头。他的脸颊依旧带着红晕，目光却十分坚定。

"其实我很想要的哦——想要一把属于自己的大提琴。我确实还需要还助学贷款，但如果真心想买，还是买得起的。可那件事发生之后，我莫名害怕背着自己的乐器。我很害怕，如果再一次背上自己的大提琴，它可能会被砸坏，或者被烧掉。那我就会再次被拖回那片黑暗中，我真的不想再被带到那种地方去了。"

橘不禁想，自己在说什么呢？

你不买大提琴的真正原因，不是因为卧底调查即将结束吗？

"我对跟三笠租的大提琴没有什么特别的感觉。但一想到属于自己的大提琴，突然就有种无法克制的恐惧。下次如果再被谁发现，我恐怕真的无法幸免于难了。我想，那场经历一定吓坏我了吧？我真的很害怕，害怕得要命。"

当沉寂再次笼罩这张位于死胡同里的桌子时，店内舒缓的爵士乐轻轻萦绕在耳边。

困意突然袭来，橘感觉酒杯的影子逐渐模糊。

"这就是我与他人之间筑起透明墙的、那点微不足道的小秘密。十几年前的事情到现在还困扰着我，怎么说呢，挺丢脸的，也算一桩糗事吧。虽然不是那种拯救人类的妄想，但我们可以扯平了吧？"

"不行。"听浅叶语气坚决，橘忍不住笑了出来。"标准是不是有点太严格？"橘笑道。但浅叶态度未改。

"……故事内容姑且不论，我已经很努力在讲了。"

"所谓的糗事，应该是指那些出于自身责任发生的无聊事情，比如在工作中犯了低级错误，或者做了什么丢人的事。应该是更……怎么说呢，更无关紧要的事情。而你说的和那些不一样。这个故事跟我无聊的自我倾诉并不对等。这既不丢脸，也不可耻，它不是你应该感到羞耻的事情。对不起，怪我硬要你说出来。"

听浅叶道歉，橘的脑中瞬间变得一片空白。

"那个，您真的不用这么认真对待这件事。平时连我自己都不记得的。只是我没什么朋友，遇到这种情况容易慌神……"

"所以再另外告诉我其他对等的故事吧,比如说你在领导面前干了什么大蠢事,或者在女孩子面前出洋相,这种程度的故事。下次再叫你喝酒的时候要来哦。"

浅叶说道。这句话过了一会儿才真正沁入心脾。"好的。"橘回应道,语气却显得有些冷淡。照射在对面吧台上的灯光变得有些模糊。

"关于大提琴,"浅叶接着说,"如果你真的想要,也许以后可以考虑买一把。我明白你的情况,所以绝不会勉强你。"

浅叶小心翼翼地组织语言。

橘漫不经心地看着他,突然意识到自己刚才说的那些话,其实是从内心深处拼死发出的求救信号。

"小橘,你已经是个成年人了,个子也比我高得多,不会再发生被绑架之类的事了。没人会弄坏你的乐器,也不会去找你。你完全可以背着自己的大提琴平安回家。"

浅叶从口袋里掏出钱包,从中抽出一张圆角的纯白色卡片,慢慢递给橘。

仿佛某种珍贵的东西穿过透明的墙壁,来到橘的面前。

"这是我常去的一家乐器店,那地方真的不错,维修技术也很棒。虽然我其实应该建议你去三笠买啦。不过,我并不是要你现在就去买,等你准备好迎接属于自己的大提琴时再去吧。"

橘的指尖接过卡片的那一刻,仿佛有什么东西悄然落地。

"……这个我可以收下吗?"

"给你啦。虽然有点旧。"

橘轻声道谢,凝视着那张乐器店的名片。他的决心已然坚定,不再动摇。

一股献身的感情在心中涌动。

"比赛。"

"嗯？"

"我会想办法的，老师。"

"想办法？你是要帮我做什么？"浅叶笑着问道。

"就是说，我会支持您。"橘露齿一笑。他喝光了杯中的酒，反而觉得头脑愈发清醒。

如果现在把浅叶卷入审判，自己将来一定会后悔。

"接下来的日程是怎么安排的？"

"报名和指定曲目的公布是同步进行的。最紧张的时间段从这个月月末开始。到那时，我大概就没时间再出来喝酒了。我还在和三笠的秘书处商量，看能不能请熟人代课。如果商量成，我会暂时消失一段时间。因为我还不能从这个梦里醒来。"

浅叶说着，轻轻倾斜威士忌杯，杯中的冰块不知何时已缩小了许多。

坐在田园都市线的电车上，橘边听《皱鳃鲨》边思考今后的事。

他决定拒绝出庭做证，并销毁提交给盐坪的调查报告和上课的录音资料。在浅叶的比赛顺利结束前，绝不能让三笠发现自己是全著联派来的间谍。

夜晚的河川在车窗外加速掠过。闪亮的旋律潜入海洋，不断下沉，穿透黑暗，抵达潜藏着丑陋鱼类的深海。

⑩ 再次梦见深海

在那片好似被涂成黑色的深海中,
听不到任何音乐的声音。

确认全著联办公室里使用的桌子是兴津公司制造的之后，橘假装自己弄丢工位钥匙，打电话联系了兴津公司。对方告知只要知道型号、批号和钥匙孔编号，就可以订购一把新钥匙。橘于是立刻申请了加班。

下班时间过后，档案部办公室空无一人，橘走到盐坪的座位前，喉咙因紧张而发干。他单膝跪在地毯上，慢慢将办公桌的抽屉柜拉到前面，写有批号的标签就贴在柜子后面。

橘用手机拍了张照片，响起轻微的"咔嚓"声。他不由得肩膀一缩，紧张地环顾了一下四周。

橘每次上完课后都会通过邮件把录音发给盐坪。这些数据应该存放在全著联的某个共享文件夹中。而且以盐坪一贯的严谨作风，他肯定还会将这些数据备份到其他存储介质上。

毕竟是能左右与三笠的诉讼走向的重要证据。

寄希望于盐坪在办公桌抽屉里放着备份的存储介质，橘先订购了备用钥匙。备份的介质估计是普通硬盘，不论是偷走还是调换，都可以通过物理方式解决。

然而，如何抹除共享文件夹里的数据，橘却始终没有头绪。实地调查委员会的文件夹所在的层级,凭橘的 ID 根本无法访问。

总之必须想方设法抹除所有的证据,并尽可能快。

关东进入梅雨季节的那个周五,橘在三笠的休息室里碰见了正在学习的佳澄。她齐肩的黑发用一条荧光绿色的发带扎成一束,笔记本旁散落着笔和便签,有许多学生常见的用品。

橘提到自己抢到了小野濑晃的门票,佳澄则十分激动。

"哎?您抢到了?!还是一般发售的票?!"

"嗯,不知道怎么就抢到了。多亏了你。"

"我没做什么呀。"佳澄有些害羞地说,圆润的娃娃脸上绽放出微笑,"您抢到的是哪一天的票?"橘说是第一天,她显得有些遗憾。佳澄买到的是第二天的票。

"你一直都来上课啊。我还以为你会请假到考试结束。"

"这算是我唯一的放松时刻吧。而且在这里还能稍微学习一会儿……"

橘记得,佳澄要参加的公立幼儿园笔试日期就在这个月底,正好与浅叶的比赛报名日期相近。

在 Vivace 的例行聚会这个月恐怕也聚不成了。

"抱歉打扰你学习了,我差不多该上去了。"

"不会不会。不仅不会……"

佳澄喃喃道,但后面的话却没有再说出来。告别佳澄后,橘沿着大楼梯往上走,干爽的空气令人感到十分舒适。

把那些数据抹除后,橘会按计划离开三笠。

如果卧底调查的职员拒绝出庭，全著联打算如何推进诉讼？之后自己的处境又会怎样？如果不解决所有问题，橘就不可能轻易回到这里。

"嗨，辛苦了。外面还在下雨吗？"

橘推开走廊尽头的琴房大门，浅叶轻轻举起一只手打了个招呼。他的身旁一如既往放着两把大提琴。

收到兴津公司寄来的备用钥匙后，橘再次申请加班。这把崭新的钥匙轻松打开了盐坪的柜子，里面的秘密一览无余。

橘仔细翻找了一遍，在最下面的抽屉里发现了一块疑似备份用的硬盘。回到自己的工位上打开一看，硬盘里整齐地排列着以日期为标题的音频数据。橘调整好电脑音量，打开其中一个文件，浅叶的声音响起。毫无疑问，这是他发给盐坪的三笠课程录音。

橘拍下硬盘的外观，确认了商品名称后，立刻用手机订购了同款硬盘。预计明天就能送到家里，这样他后天就可以调包。将硬盘放回柜中时，他顺便打开盐坪的办公电脑，试了一下，果然无法登录。

如果用盐坪的 ID，就能轻松查看实地调查委员会的文件夹了。

然而，橘完全想不到那个上司的登录密码是什么。盐坪不可能愚蠢到用自己的名字或生日作为密码。而橘对他的兴趣、爱好，乃至家人的信息都一无所知。

即使橘拒绝出庭，卧底调查的证据也已经收集完备。如果这些证据出现在法庭上，牵连到浅叶只是时间问题。只要共享文件夹中的数据依然存在，调包备份硬盘并没有任何意义。

全著联的共享文件夹存储在云端，橘无法直接操作。假如是服务器还放在公司办公楼里的时代,甚至可以考虑物理销毁服务器。这个念头掠过脑海时,橘才意识到,自己的想法已经有些越线了。

一旦事情败露,他将面临惩戒处分,不仅如此,还可能闹到警察那里,那就完了。

那天的工作格外繁忙,来自内部和外部的各种咨询接踵而至。

工作迟迟没有进展让橘十分为难,但他也想到,这可以当作加班的借口。虽然他还没找到抹除共享文件夹里的音频数据的办法,但与其惴惴不安地回家,不如留在办公室继续干活。干脆再用那把备用钥匙翻一翻盐坪的办公桌吧。

一想到很快就要与全著联的顾问律师正式讨论开庭事宜,橘就几乎要崩溃。如果不尽快删除录音,没准会被复制出去。数据流到外部后,橘就无计可施了。

他已经将用于调包的硬盘藏在包里,随身携带。

"你还在加班啊?已经是该收工回家的时间了。"

直到夜深人静,橘一直在更新数据库,这时盐坪突然出现,吓得他心脏猛然一跳。下班后的三楼只剩下一半灯光还亮着,整个楼层昏暗而安静。

那个瘦小的中年男子脸上一如既往地带着意味深长的笑容。

"最近你经常加班到很晚啊。在我们部门,加班可不多见。如果工作分配有问题,可以和我说。"

盐坪从正面走来,经过橘的办公桌后悄然坐到自己的工位上。

"……白天一直在接电话,积压了不少工作。"

"能推到明天的工作就推到明天吧。怎么说我也是管理层，上头一再吩咐，要我们严格管理下属的加班。"

"不好意思。"橘嘴上道歉，同时全神贯注地聆听背后微弱的声音。快速敲击键盘的声音。

电脑启动了，用的是盐坪的 ID。

"小橘。"

"是。"

"从上周起加班确实有点多了，要注意啊。"

似乎在查看人事管理软件的盐坪温和地提醒道。"不好意思。"橘低声道歉，声音几乎有些颤抖。

这是个绝佳的机会，千载难逢。

"你很认真，可能对自己要求的指标比别人更高吧？"

橘在心中暗自祈求，地震也好，火灾也好，什么都好，赶紧发生什么灾难，让整个楼层陷入混乱吧，留下盐坪那台已经登录上的电脑。

"……我会在告一段落的时候回去。不小心有点着急了。"

"办公室可不是你该待到这么晚的地方。"

橘甚至一度想从旁边撞开盐坪，强行夺走他的鼠标。云端的数据一旦删除就无法恢复。只要能确保删除那些数据，哪怕采取无可辩解的暴力手段他也在所不惜。

离开你的座位。现在，立刻。

"没有，我在三楼。"

突然听到一句没头没尾的话，橘忍不住回头看了一眼。盐坪把手机贴在耳边，紧张地应了一声"是"。

183

他猛地站起来，办公椅也随之滚倒在身后。

"我马上回去。不，我现在就过去。"

异常慌乱的盐坪连忙小跑着冲向走廊。他似乎很是惊慌失措，甚至看都不看橘一眼。

档案部办公室一片寂静。

下一刻，橘抓起自己的包，迅速跑到盐坪的桌前。他几乎是扑倒在地，抬头盯着显示器，"咔嚓咔嚓"地猛点鼠标，人事管理软件的界面瞬间亮起。

机会来了。

橘紧张到几乎要吐出来，但还是用力抓住办公椅的靠背，重新坐了下来。他从桌面上的快捷方式打开全著联的共享文件夹，很快就在历史记录中找到了实地调查委员会的文件夹。打开名为"盐坪"的文件夹后，他看到一个标注着"三笠卧底调查"的文件夹。如殴打般点击文件夹后，屏幕中央随即弹出一个小窗口。

请输入密码。

看到这行字的瞬间，橘愤怒地将右膝重重撞在桌柜上。

想打开"三笠卧底调查"文件夹还需要另一个密码。橘不禁咬住自己的手背，疼痛让他一下子意识模糊。这种过于彻底的谨慎让他感到厌恶。他的手在不停地颤抖。如果盐坪现在回来，一切就全都完了。

橘一边疯狂点击鼠标，一边死死咬住手背，直到渗出鲜血。

想办法。

想办法。

不删除这些数据就会完蛋。如果那些录音被提交到法庭上……

"嗡——"突然一阵刺耳的振动声响起,橘吓得跳了起来。他从裤子口袋里掏出手机,原来又是售票网站发来的邮件。

看到标题写着"关于小野濑晃的相关票务信息",橘一下子火冒三丈,心想现在根本没时间理会这些,恨不得把手机扔掉。

但不知为何,这封邮件却唤醒了他的记忆。

——"你要演奏什么曲子?"

——"小野濑晃的电影配乐。"

橘有些困惑地松开咬着的手背,舌尖掠过铁锈的味道。

回想起当时的情景,不知为何内心骚然不安。平凡的日常中夹杂着一丝微妙的不协调。他告诉盐坪说要演奏《皱鳃鲨》时,盐坪那张惯常的笑脸似乎有一瞬间变得僵硬。

仔细想来,只有那一次。

盐坪这个总是在谈论组织的人,主动提及自己的事情。

橘在密码输入界面输入"战栗的皱鳃鲨"的罗马拼音,但文件夹并没有打开。他试着输入"皱鳃鲨",但也没有成功。尽管如此,橘却有一种莫名的确信,他用手机搜索了这部电影的原名。

蒲生的话又在耳边回响:"在我们那一代,提到现实主义的间谍故事,那非它莫属啊。"

无论如何,橘也想不到其他有可能的密码。

输入电影的原名却无果后,他又用日语搜索"皱鳃鲨",结果显示出鱼的图片。这是一种牙齿有锋利的三叉尖刺、像蛇一样的深海鱼。"皱鳃鲨"也是对伪装身份潜入敌方的丑陋间谍的蔑称。

看到皱鳃鲨那冗长的学名时,橘反而有一种恍然大悟的感觉。

这正是那个谨慎、周到、不信任他人的孤独男人会选择的密码。

——Chlamydoselachus。

他输入皱鳃鲨学名的前半部分，静静地按下回车键，文件夹瞬间打开了。

在排列着三笠课程录音的文件夹中，橘还发现了自己前几天刚提交的调查报告。他选择所有文件，右键点击删除。删除这些庞大的数据需要一点时间。等待期间，他从邮件的收发记录中删除了附有音频的邮件，还检查了下载文件夹。他清空了回收站，彻底抹去了所有数据。

看着这些悄无声息消失的间谍痕迹，橘在心中不断默念。

这里就是我的战场。

我的战场在这里。

打开盐坪的抽屉柜时，橘发现备份硬盘依旧放在原处。他用从家里带来的新硬盘替换掉它，然后重新锁上柜子。

回到工位后，橘逐一删除自己电脑上所有与卧底调查有关的数据。最后，他清空了插在胸前口袋的录音笔里的数据，这样它就只是一支普通的圆珠笔了。

完成所有工作后，橘拿起手机确认时间，不知不觉中，他的心跳已经恢复了平静。

"橘。"听到有人叫自己的名字，橘抬起头，发现凑正站在面前。那是上午十点左右，开始上班后还没过多久。

昨晚彻夜未眠的橘感到全身乏力，极度疲惫。

"……什么事？"

"盐坪先生让你马上去地下档案室。你到底搞砸了什么？"

凑带着一丝恶意低声说道。橘浑身一颤。

他赶紧喝了口咖啡，但心悸依然没有平息，连咖啡都没有半点滋味。真到了被逼入绝境的时候，橘发现自己的思维竟然无法正常运转。尽管早已做好心理准备，此刻横膈膜依然在可耻地微微颤抖。

盐坪发现共享文件夹中的异常了吗？还是察觉到硬盘被调包了？抑或是，当大量数据被删除时，系统会向管理员发出警报？还是说，办公室里安装了监控摄像头？果真如此，自己就无从辩解了。

要是什么都不做，顺应组织的要求工作下去，自己的人生本可以高枕无忧。

比赛算什么？

即使浅叶因此受到牵连，那也不是自己的错。诉讼和卧底调查都是组织的决定，根本无关个人意愿。上级让做的事情，自己当然得照办。哪怕这样会毁掉别人的机会，那也和自己无关。更何况，浅叶能否在比赛中取得理想的成绩尚未可知。就算他从现在开始全力以赴准备，也未必能获奖。正如琢郎所说，那个圈子可没那么简单。为了保护如此飘忽的可能性，自己竟因一时的使命感主动放弃如此优渥的工作，简直愚不可及。

但他不想在临死时为此而后悔。

橘按下按钮，等了一会儿，电梯却迟迟没有下来。

电梯指示灯停留在最上层，他不再仰望，转身推开电梯厅正后方的应急疏散楼梯铁门。仿佛坠入昏暗的管道，橘一心沿着楼梯飞奔而下，脚步声咚咚作响。

脑海中，巴赫的旋律依然在回荡。

踏上最后一个楼梯平台时，眼前突然出现一个女人蹲在楼下的身影，橘猛然一惊，原本快要爆炸的心脏一下子又缩成一团。

即使他现在停下脚步，也无法避免被她发现。

"这不是橘先生吗？吓我一跳。"

说着那个女人转过身来，橘顿时吓得倒退一步。

她的眼里没有泪水，嘴角甚至挂着笑意，但那种仿佛撞见别人哭泣的尴尬感却挥之不去。

这人偏偏是三船绫香。

"怎么了？怎么特地走应急疏散楼梯？"

"……电梯没下来。"

"居然有人因为这样就走应急疏散楼梯。"三船半开玩笑地说道。橘不知道该怎么回应，他也不敢问，倒是您在这里做什么？

毕竟来这种地方的人，肯定是想避开别人的视线。

"别露出那种讨厌的表情。我可没哭，对吧？对了，您抢到小野濑晃的票了吗？"三船问道。

她抱膝蹲着，前后轻轻摇晃，那样子显得异常稚嫩，完全不像平时的她。

"票抢到了。"

"哇，真厉害。那太好了。

"其实我挺喜欢的，音乐。"她的轻声低语如湖水般清澈。

橘感到一种似曾相识的莫名不安。他开始思索，这是怎么回事？最近一直萦绕在耳边的旋律，小野濑晃的《船难》如微波般轻柔袭来。

一种奇怪的预感浮上心头。

有什么大事正悄然发生。

"我从中学就加入吹奏乐部,一直吹长笛。无论是古典、爵士,还是流行音乐,我都喜欢。虽然没打算成为演奏家,但我一直希望能从事和音乐有关的工作。所以在这里上班挺好的。即使做的是事务性工作,我也感到自豪。你能理解这种想法吗?"她问。

"有点吧。"橘喃喃道。听到这个模棱两可的回答,三船轻笑一声。

橘瞥了一眼楼层指示灯,发现她所在的位置是地下。

"小野濑晃的音乐会是什么时候?"

"九月中旬。"

"哦,早知道我也应该买张票。有那种东西的话,感觉无论发生什么事都能撑过去。橘先生是要去档案室吧?"

三船低声说着,慢慢站了起来。橘不禁又看了她一眼,但她没有再说话。

那道昏暗的楼梯从最顶层一直延伸到地下,像要贯穿整座大楼。

公然向三笠派出密探

全著联美女职员的卧底调查 为"演奏权"遭到侵害提供关键证据

看到这个标题的瞬间,橘仿佛听到世界剧烈倾斜的声音。

盐坪将周刊杂志的抢跑版塞给橘,橘只能呆呆地凝视着那行大字。刺耳的沉默中,唯有老旧空调的声音微弱地鸣响。

"……这个,'美女职员'指的是……"

"总务部的三船。"

"三船小姐怎么会……"橘喃喃自语,却说不出更多的话。

面对出乎意料的事态发展,橘的思维完全跟不上。他用手捂住喉咙,浏览完整篇文章后,大脑变得一片空白。

著名的音乐著作权管理机构,全日本音乐著作权联盟(全著联)近日被曝出对头部音乐教室三笠开展卧底调查。双方正围绕"演奏权"问题对簿公堂,而全著联派遣职员卧底,显然是为了证明该权利受到侵害。据悉,这名女性卧底职员在长达两年的时间内报名学习长笛高级班课程,与其他学生同样接受讲师的一对一指导,课程中涉及的练习曲目包含了全著联管理的多首乐曲。基于这名职员的证词,全著联将进一步推进"演奏权"遭到侵害的事实认定。

这与橘在三笠这两年所做的事情完全一致。

"……去三笠卧底的人不止我一个?"橘语气愕然。

"我也是这么以为的啊。"盐坪的声音压得很低。

周刊杂志薄薄的封面贴在手掌上,令橘感到十分不快。尽管文章只是如实报道事实,橘仍感到无比压抑,像被文字的力量扼住喉咙,恶心感油然而生。仿佛全世界都在指责自己的所作所为,大脑由内至外逐渐变得一片冰冷。

事情曝光了。全著联的职员潜伏在三笠的事实曝光了。

"三船绫香。我知道她和赤坂派走得很近，原来是因为这个啊。到底是谁指使的？对三笠的卧底调查最早就是神乐坂派推进的项目。我们花了好多年的时间精心策划了这一切。事到如今赤坂派竟然抢在我们前头，这哪里能忍！"

脸色阴郁的盐坪愤愤地说道。这愤怒显得有些幼稚，与橘内心怀有的感情有着天壤之别。这个上司确实满脑子只有组织内部的派系斗争。

面对如此滑稽的状况，橘稍微恢复了一些冷静。然而这只是错觉，实际上他甚至无法准确说明自己为何感到震惊。

报道中提到，卧底职员在法庭上预计会按照以下方针做证：

讲师的演奏令人陶醉其中，正如音乐会一般。

"消息是从哪里泄露给这家周刊的？"

"正在核查。这些不知内情却胡乱报道的媒体真是可恶。"

报道中提到的卧底职员被刻画成一个冷漠且冷血无情的人物。这与橘所认识的三船的形象完全不同，也与他自己的形象相去甚远。

我们只是普通人，至少比文章中描述的要普通得多。

"……接下来我该怎么办？我在三笠还有几次课要上。"橘问道。

"我会确认的。"盐坪冷冷地甩下这个回答。一秒钟、十秒钟，随着时间逐渐流逝，橘感觉越来越扫兴，几乎想放弃一切。

花费了这么长的时间，收场却是如此不堪。

"如果赤坂派打算让三船做证，他们很可能已经和律师商量好了。既然三船的性别已经在报道中曝光，再把证人换成你就是一步臭棋了。间谍原来不止一个人，这又会招来舆论抨击。近来全著联本就是那些不合理舆论的众矢之的，理事们肯定不愿意看到这种情况发生。你没有必要再去三笠了。"盐坪宣布道。

"我明白了。"橘点点头,内心并没有出现预想中的那些感伤情绪。

假如三船确定出庭做证,三笠方面就不会知道自己的名字,而浅叶也不会因此受到影响,他可以毫无顾虑地专心准备比赛。哪怕盐坪迟早会发现自己删除了上课录音,这些数据在关键的诉讼中已不再需要的话,这事也许会不了了之。

如果自己全著联间谍的身份不至于曝光,即使不得不离开三笠,应该还能偶尔去 Vivace 露个面。

合奏团的演奏也可以去听。

虽然这个结局不尽如人意,但至少这样也好。

"对了,大提琴。得把乐器还回去。"橘低声说道。而盐坪并没有回应。

全著联间谍的报道连日在网上发酵,引发轰动。

"今天突然变冷啦,本来还以为已经入夏,结果发现没合适的衣服穿,害我慌了一下。这种气温可不适合清凉商务啊。"

浅叶笑着指向橘身上的西装。因为前一天温度骤降,在这个下着雨的周五,橘也罕见地穿上了外套。

橘反手关上门,漫不经心地望着熟悉的琴房内部。

干净整洁的房间地板上放着两把大提琴,除了面对面摆放的两张椅子外,房间里只有一个乐谱架和一张小桌子。桌上有一本蓝色的乐谱背面朝上,大概是浅叶的私人物品。即使在短暂的休息时间里,他可能也在为比赛而练习。

橘刚才已经到前台归还了借到家里的大提琴。

"对了,你听说那个新闻了吗?据说有间谍在三笠卧底。"

坐在椅子上的浅叶眯着眼睛说,好像在谈论与他们无关的八卦。

橘脱下外套,正把手伸向衣架,他的动作突然停了下来。

"……最近没怎么看新闻。"

"话题炒得很热哦。因为牵涉到这里,大家都在议论。据说是一个叫著作权什么什么的组织派间谍到三笠来卧底。"

浅叶像在讲电影梗概般轻描淡写地说道。

"这样啊。"橘移开视线。

尽管他早有心理准备,但听人直接谈起这个话题,内心依然无比难受。

"听说那个间谍是以学生的身份来三笠上课的,而且整整两年。好像是在自由之丘店,离这里挺近的吧?"

"确实挺近的。"

"那个著作权团体的说法是,如果要在音乐教室里练习流行歌曲,就得给它们付钱。连在这么小的琴房里上一对一的课程也要哦!演奏权我是知道啦,但到这个地步,我也搞不懂了。不过比起对错,问题出在手段上,以学生的身份潜入教室很不公平啊。那个上课的讲师太可怜了,遇上这种事,以后哪里能信任别人?怎么啦,怎么站着不动?"

说着浅叶指了指橘常坐的椅子,而橘完全失去了悠然演奏大提琴的心情。再这样下去可能会引起浅叶的怀疑。他根本无从得知,自己脸上现在是什么表情。

本打算好好上完最后一节课再离开三笠，但此刻橘只想尽快逃离这里。

"怎么了？有点不对劲啊。"

"……那个，事出突然，真的很抱歉。其实，我刚刚已经把大提琴还回去了。"橘开口道。

"啊？为什么？"浅叶抬头看橘。他的语气依然很轻松，显然没有预料到橘会离开。

"因为一些原因，我不能再来上课了。"

"啊？"

"所以，今天是来道别的。真的非常感谢您一直以来的指导。对不起，这么突然。"

橘低声说得很快，同时忍不住将视线移向地面，挂在左臂上的西装外套感觉异常沉重。

看到浅叶困惑的表情，橘的胸口隐隐作痛。

"道别？你的意思该不会是，今天是最后一次来上课？这也太突然了吧。"

"学费已经付到秋季的前半学期了，不用退费。"

"我现在不是在说学费。发生什么事了吗？"

"我得回老家一趟。"橘撒谎道。

"原来是那方面的情况啊。"浅叶用手掌摸了摸自己的后颈。气氛变得比想象中更为严肃，橘的良心开始感到不安。

"那是家里人生病过世之类的事情？你还好吗？精神状态方面。"

"我没事，情况没那么严重，只是刚好很多事情叠在一起了。其实今天我也得马上回去。工作也得在老家重新找,所以请代我向大家问好。"

橘边说边想,编得有点过头了吧,把情节设定得这么细,以后很难再回到这里。但他实在难以忍受现在的状况,必须在更多事情暴露之前,彻底斩断一切联系。

那样他才能安心。

"在 Vivace 的聚会总是特别愉快,我很少参加那样的聚会。大家每次都邀请我,真的非常感谢,请替我转达谢意。能重拾大提琴真的很好,我还学会演奏自己喜欢的曲子,真心感谢浅叶老师的悉心指导。您真的帮了我很多……"

橘喋喋不休地说着,心中竟然涌起一股好似诀别的情感,内心深处隐隐作痛。他自己也分不清哪些是瞎编胡造,哪些是真心实意。没有人会想到,这番话会出自一个每次进入琴房前都按下录音按钮的人之口。

这样就全部告终了。一切就此圆满结束。

"……别说什么帮不帮忙的,太见外了吧。小橘你很热心学习,而且很有天赋,教你真的很有成就感。我也觉得很遗憾。我会好好转告大家的。"

听到浅叶这句话后,橘终于松了口气,仿佛一个虚构的故事终于迎来了大团圆。

尽管来这里上课的缘由并不寻常,但橘过得很开心。

人生中有这样一段回忆也不坏,他由衷地这么认为。

"你老家是哪儿来着?"

"长野。长野松本。"

"那也不算太远。如果你有机会回东京,记得告诉我一声。而且其他人也可能去那里旅游或者出差。没什么特别的事也可以随时联系我。不仅要搬家,还得换工作,肯定不容易吧?上次你听我念叨那么多,怎么说呢,如果有什么我能帮上忙的,你尽管提。"

浅叶那纯粹的提议让橘的内心忽然一颤。

"……我会再联系您的。"

"有机会再一起去喝一杯吧。虽然我接下来也会很忙。"

"合奏团演出的时候我会回来的。"橘悄声说。这个微不足道的安排似乎变成了一种希望,他感觉看到了新的光芒,仿佛是一个在路途前方引导自己前进的路标。

"对了,老师能给我签个名当作临别纪念吗?"

"佳澄小姐之前说一定会很有价值。"橘笑着打开包。

"你干吗笑着说啊?"浅叶也露出同样的笑容。橘递上《小野濑晃名曲集》的乐谱,浅叶则用手指挠了挠后颈,难为情地说:"我现在没带油性笔。青柳小姐说过那种话?"

"第一次聚会的时候。就是花冈女士在说我的签名怎样怎样的时候。不知道我有没有带。"

说着橘移开注意力。这时正面传来浅叶的声音:"啊,那个也可以。"橘还没来得及思考那个是哪个,面前的男人就熟不拘礼地朝他伸出手。

方便起见,那支不锈钢圆珠笔依然插在原处。

"签在封面卷起来的地方可以吗?这样普通的笔也能写上去。"

浅叶从橘左臂挂着的西装胸袋里抽出那支笔的瞬间,橘勉强压下内心的不安,安慰自己没事的,它已经只是一支普通的圆珠笔了。录音数据已经被彻底删除。即使浅叶发现笔夹内侧有个秘密按钮，也没什么可怕的。

这支笔上已经没有任何证据，理应不再有任何的威胁。

"嗯？"

浅叶率先注意到另一个意外状况。

当他抽出圆珠笔时，橘西装胸袋里的一样东西掉了出来，发出轻微的碰撞声后，滚到了琴房的地板上。

橘一时没有反应过来那是什么。

"抱歉，好像弄掉了什么。"

浅叶弯腰捡起那东西时，胸章发出如燃烧般的亮光。

这个标志非常有名，稍微关心新闻的人应该都对它有印象。尤其是最近几天，有关卧底职员的报道引起广泛关注，肯定有更多人认识了这个标志。

全著联的红色标志。

"怎么了，脸色这么奇怪？"

浅叶直起身子，目光忽然落在指尖的胸章上。

哪怕是浅叶，肯定也认出这是全著联的胸章了。

"……这是什么？这不是正闹得沸沸扬扬的那个吗？"

浅叶开玩笑似的低声说道。橘僵住了。

"难道是 CD 附赠的周边？但它又不是唱片公司，收到这种东西，别人也会头疼吧。著作权什么什么公司的周边，谁会想要这种东西啊。虽然我也不需要唱片公司的胸章啦……所以这是什么？"

浅叶抬头问道，这一刻橘知道自己必须找个理由搪塞过去，但让他震惊的是，自己竟然完全想不出任何借口。

面对决定性证据，他的脑子彻底停转。

"不是，我在问你这到底是什么。我不懂啊。你不回答的话我不知道啊。"

浅叶似笑非笑地说，橘却忘记该如何呼吸。浅叶锐利的目光逐渐失去温度，变得如地底湖般深邃而透彻，最终映照出橘的真实身份。

为什么这枚胸章会在这里？

当时在地下档案室被盐坪指出时，我当场摘下了它，然后……然后呢？

"别沉默，说点什么。"

浅叶的脸上已经没有笑意。

"……'什么'是什么？"

"总得有点什么吧，有你应该告诉我的事情。辩解的理由，怎么着都能编出一两个吧。"

浅叶的声音里渐渐渗透出怒意，强烈的压迫感让橘不禁双腿发软。

浅叶的双眼瞪得大大的，因用力过度几乎要充血了。

"你说这是周边也可以的。我不认识这个公司，如果你说这是别人送的，我也会相信。只要你那么说，我只能信啊。这是谁的、什么东西？"

浅叶逼问道。橘直视着他的恩师。

"……这是公司胸章。"

"谁的？"

"真真正正属于我的公司胸章。全著联的职员都有。这东西还算重要，不可能当作周边卖的。可以还给我了吗？"

橘说着，从浅叶手中夺回那枚胸章。扭曲的勇气在他心中慢慢涌现，那是一种只有在绝境中才会展现的黯淡勇气。

他挺起胸膛，紧握着手掌，胸章深深嵌入他的手心。

"全著联就是老师刚才提到的那个著作权团体，全日本音乐著作权联盟。它帮助那些专注于创作的艺术家们收取他们辛苦创作的乐曲的著作权使用费。虽然舆论对它多有非议，但它是一个正当的组织。如果没有人承担这项工作，这个国家的音乐产业根本无法运作。只相信网上那些吸引眼球的意见是不行的啊。"

橘冷冷地说完，嘴角不禁露出一丝微笑。刚才那感人至深的告别与现在的反差实在是过于巨大，他感到天旋地转。

"这次的事情又被炒作成什么间谍行为，但我们的一切行动都是有法律依据的。如果有人未经许可使用我们管理的乐曲并从中获利，我们就会采取相应的措施。这既是我们的工作，也是对那些创作出音乐这种知识财产的作者应有的诚意。这跟什么社区音乐教室的一对一课程没有关系，就是不能随意使用他人创作的乐曲并从中获得不正当利益。"

和三笠打的这场官司，全著联会赢的。

三船也肯定能处理得很好。

我方的论点毫无漏洞，证据也多得数不胜数。在与著作权使用费有关的诉讼中，全著联不可能输。

所以今天应该早早离开的。单纯归还大提琴就好了。

"我只是走正规程序来三笠上课而已，学费也一直按时缴纳。你们学校的标语不是'来者不拒'吗？至于在这里观察到的侵害演奏权行为的对错，等到法庭上……"

"这是在说给谁听？你要演讲的话去别的地方讲。"

浅叶用一种令人不寒而栗的声音打断了橘，而橘哑口无言。这是他从未听过的，浅叶真正愤怒的声音。

橘很害怕，他能感受到眼前的这个男人正处于极度的愤怒之中。

"……我说，谁在乎这些啊。哪个有理哪个没理，谁管呢。法律的事我不懂，网络和舆论我也不关心。我不过是个打工的，三笠和谁打官司，说实话我压根没兴趣。我问的不是那种东西。"

浅叶愤怒地吼道，橘甚至不敢与他对视。明明是自己滔滔不绝地说了一堆，但面对对方赤裸裸的情感，他却感到极度的恐惧。一旦退缩，橘便再也无法重整旗鼓。

虚构的大团圆结局已然崩塌。

既然最终都是一地鸡毛，他只想尽快逃离。

"你能回答我的问题吗？"

"……可以。"

"你是新闻里提到的全著联派来的卧底职员之一，本来就是为了调查三笠才来这里的，对吗？"

"是的。"橘本想毅然回答，声音却在颤抖。

"你上我的课，也是为了这个目的？"

"没错。"

"既然目的是为了打赢官司，想必你收集了什么证据，比如录音或者录像，并且每次都提交给公司，是吗？"

"……我从未录像。"

"也就是说你录音了？"浅叶终于笑了出来，橘则紧张得几乎要呕吐。他避开视线看向地板，看到两把大提琴并排放着。我只想在这里静静地拉大提琴。

"我大致明白了。就是那样吧。你和我，和花冈女士、梶山先生那些人搞好关系，也是工作的一部分，对吧？"

"不是。"橘费力地从喉咙里挤出这句话。

"为什么这个不是？"浅叶歪着头夸张地笑了出来，简直像醉酒时的情绪。

"不是工作的话又是什么？只在这个地方撒谎有什么意义？"

"……这不是撒谎。"

"你到底在害怕什么？"浅叶原本愕然的表情突然暗了下来。

见浅叶的目光流露出轻蔑的神色，橘感到自己最害怕的东西从天而降。

"别摆出一副受害者的脸孔，受伤的可是我。你从头到尾都在撒谎，还故意吹捧别人。什么'区政府的职员'，什么'想演奏流行音乐'啊。你当然想学了，因为你一旦拉了流行音乐，就能用它作为证据索要好几亿日元。你也是运气好，碰到我这种容易糊弄的讲师。你是带着什么心情去做这种事的？"浅叶继续问道。

"我不想假装自己是个圣人，但我不会去做这种事。我不沾女人的光，也不讨好有权势的人。虽然有时会因此吃亏，但我觉得这样挺好。讲违心的话只会让自己的心灵死掉。但你不是这样的人。"浅叶低声说道。

这一刹那，橘感觉某个薄如蝉翼的东西被击碎，一种豁然的绝望感从四面八方涌来。一直深埋在自己内心深处的黑暗,如同撒开的渔网瞬间展开。

所谓人生,到头来不过如此。

"之前我曾经夸过你,说你很有想象力。现在我要收回那句话。你根本没有什么想象力,至少半点都没用在他人身上。滚出去。"浅叶宣告道。

"不用你说我也会走。"橘不由得故作强硬地回答。准备离开琴房的瞬间,他下意识地抬头看了看墙上的钟,顿时又对自己在这里养成的习惯性动作感到厌恶。

或许因为他是一个缺乏想象力的人,他依然感觉一切都不是真的。

总觉得下周再打开这扇门,还是会如往常一样继续上课。

"……那个,最后说这话可能不太合时宜。"

为了应对即将到来的怒吼,橘把刚推开的门又暂时关上。

"接下来的比赛请加油。"

"能加油才有鬼啊,浑蛋!"

浅叶猛地踢飞椅子,巨大的响声在琴房中回荡。

橘迅速走出走廊,马上听到各种乐器的声音。面对面排成两排的琴房内传出各式各样的音乐。

穿过那条弧形走廊,来到通向中庭的大楼梯时,视野豁然开朗,向下俯视便是华丽的大厅。

看到这个光景,橘感到全身的力量一下子被抽干。

"啊,橘先生。已经下课了吗?"

一个明朗的声音向他打招呼道。橘转头看向休息室,佳澄就在那里。她那亲近明快的态度一如往常,让橘不禁产生一种一厢情愿的妄想,也许时间稍微倒退了一些。

但同时,他的脑海中却不断响起一切逐渐崩塌的轰鸣声。

"您看刚才的消息了吗?下个月的 Vivace 聚会,现在由梶山先生在协调,他说大家估计月初比较有空。我可能去不了,不知道您……发生什么事了吗?"

佳澄说到一半停了下来,橘这才意识到自己已经没有力气去应对这一切。居然要一个年纪小得多的女孩来关心自己,他感到无比难堪。

"聚会我也去不了。"

"是吗?工作忙的话也没办法……"

"另外,合奏我也不能去听了,虽然很遗憾。"

"啊?"

"佳澄小姐,祝你考试顺利。"橘留下这句话便朝电梯走去,按下按钮的同时,电梯门正好打开。到达地面后,他快速穿过陈列着铜管乐器的乐器店展柜,从正门走出大厦。外面依然在下雨,柔和的雨丝白茫茫地洒落,打湿夜晚街道上来来往往的车辆。

虽然发现自己忘了带伞,但橘也不可能再回去三笠。

橘掏出手机,点击重叠的通知,打开消息应用。他进入群聊"交流会"的成员列表,将所有成员逐一拉黑,并退出群聊。这时手里的手机轻得像浮在空中一般。

不合时节的寒意袭来,橘一直紧握着西装外套的手微微颤抖。

那天晚上,橘时隔许久再次梦见深海。

在那片好似被涂成黑色的深海中,听不到任何音乐的声音。

⑪ 小野濑晃音乐会

老师和学生之间存在信赖和羁绊，
这是无可取代的。

话说，现在终于到了难以入睡的季节。大家最近过得怎么样？我呢，前几天买了一条新的短衬裤。虽然是一时冲动买的，但穿起来出乎意料地舒服。它很适合睡觉穿，轻盈透气，不会粘在身上。以前啊，我可是穿着运动裤睡觉的，甚至还是学生时代的旧运动裤呢。现在不一样，更注重穿着的舒适性，真是长大了呀。那么，本周的第一封来信……嗯，电台昵称是……

有这种烦恼啊。这个我懂——我可太懂了。我家孩子也是，现在已经三十多岁，吃牛五花都会嫌辣了，但他读初、高中那会儿，准备便当真是费尽心思。小孩总说要吃肉吃肉，但咱们就得考虑营养均衡啊。

等等，这是惊喜吗？我真没听说。真的吗——难以置信。要知道，我真的一直都是铁杆粉丝啊，一直都是。

结果我常去的那家拉面馆却关门了，哎呀，真的要死了，心死了。

橘坐在通勤电车上，不停地更换收听的电台节目。无论哪个节目都很快让人觉得刺耳，于是他切换到 TOEIC 的备考应用。当耳机开始播放不知是美国英语还是澳大利亚英语的商务对话时，他的意识开始模糊。在令人窒息的早高峰的拥挤人群中，盛夏的空调冷气不停从头顶吹下。

橘比想象中更快适应了没有大提琴的生活。

那天以后，他再没有碰过深埋在衣柜里的乐谱和琴弦。他扔掉了原本常去的附近卡拉 OK 店的会员卡，也逐渐习惯了房间里没有大提琴的光景。闲得发慌的工作日晚上或假日，独自一人也没有那么难熬。玩手机游戏消磨时间，处理堆积的晾洗衣物，偶尔去健身房游泳，闲暇时间很快就过去了。即使一个人没有什么特别的爱好和固定的社交圈，也很容易在现代社会生活下去。

橘想，这不就是回到两年前的状态而已吗？

只是回归了原本的生活，并没有失去什么。

时隔十几个月再次造访的睡眠障碍门诊与以前相比没有任何变化。

"也就是说，之后有段时间您没吃安眠药也能睡着啊，但最近又复发了？"

"手头的药快吃完了。"橘提出要求。"那我再给您开些相同的药。"医生轻快地敲击着键盘。她的短发间依然隐约可见耳朵上戴着夸张的耳环。

"是不是工作又忙起来了？"

"倒不如说正相反。工作量比以前减少了。"橘低声说。"究竟是什么成为复发的诱因，确实很难说清。"医生回以温和的笑容，那是医务人员特有的职业笑容。桌前那株龟背竹宽大的叶片似乎天天有人擦拭,翠绿得仿佛假花一般。诊察室里静得出奇。

眼前的景象与上一次来时如出一辙,橘有一种诡异的错觉,好像有一段漫长的时间从中间被抽掉了。

像这样坐在睡眠障碍门诊的圆凳上,橘感觉自己去三笠音乐教室上课的日子仿佛只是一场梦。

"周围环境的变化,无论是正面的还是负面的,都会带来压力。所以我们借助药物的力量,再观察一下吧。对了,橘先生您还在学吉他吗?"

听医生这么问,橘抬起头。

"……您还记得啊。"

"是吉他教室,还是钢琴教室?我记得您说过,开始学音乐后,失眠症状有所改善,这让我印象深刻。"

"前段时间不学了。因为一些人际关系上的问题。"

"啊,是这样呀。"

橘离开三笠并不是因为人际关系纠纷,单纯是因为不需要再继续卧底了。但在最后一刻由于一起意外事件,他在那里建立起来的社交关系确实彻底破裂了。

"或许那也是您再次失眠的原因之一。毕竟是您长期坚持的爱好,放弃了确实很遗憾。有兴趣的话,要不考虑换一家吉他教室?"

"换一家教室?"橘反问道。"对,对。"医生直率地回答。

橘学的既不是吉他,也不是钢琴,而是大提琴。卧底调查的事姑且不论,至少应该更正自己学的是什么乐器。

不管是不是间谍，他总是习惯性地说些敷衍的话。

"如果您并没有厌倦吉他，为什么不重新开始呢？毕竟都坚持这么久了，感觉很可惜呀。"

"那倒也是。"橘低声回应，同时盯着办公桌对面的小窗。从这个角度只能看到隔壁大楼的墙壁，阳光却意外照了进来。

七月某日，东京地方法院举行了第二次口头辩论，证人质询也是其中一个环节。橘结束一天工作的时候，各大新闻网站已经纷纷发出相关报道。

当晚，橘与从法院返回的三船约在公司附近的一家餐厅见面。这家位于住宅区内的意大利餐厅的午餐在公司内部的评价很高，但下班后很少能见到全著联的职员光顾。

"您要喝点什么？"

"我想喝红酒。"三船边说边把饮品菜单递给橘。

"我喝乌龙茶。"橘立即回答。

"您不喝酒吗？"三船有些意外。

"因为要吃药，不方便喝酒。"

"原来如此。"

橘以为三船会继续追问，但她只是默默地把目光移回菜单。"我想想，吃意面呢，还是吃肉呢……"三船边说边慢慢翻动皮制封面的菜单。她的指甲理所当然地涂着亮丽的指甲油，但精明地挑了个接近肤色的颜色，不仔细看几乎不会注意到。

这副无懈可击的姿态，根本无法与在应急疏散楼梯上撞见的那个三船联系起来。

证人质询后，要不要聊一聊？三船向橘发出提议，而橘也好奇庭审的具体情况，便立刻通过公司邮箱回复了她。

如果按照最初的计划，今天出庭做证的本应是橘。

"橘先生，您用西装做过纳税申报吗？听说上班族可以把衣服也当作必要支出来申报哦。"

三船突然提起这个没头没尾的话题，橘有些困惑，这是在说什么？

"……没有，我没申报过。"

"我今天穿的这套西装是特意买的。虽然用我原有的衣服也没问题就是了。"

三船稍微扭动上半身，指了指挂在椅背上的藏蓝色夏季外套。这时橘才注意到，三船今天的服装确实有些特别。平时在公司看到她时，她总是穿着白色系的衣服。

"毕竟我从没有出庭打过官司，难免紧张。听说报纸和周刊的记者也会坐在旁听席上，不知道有多少双眼睛在盯着自己。要是被人从某个奇怪的角度看穿自己的破绽，岂不是很讨厌？这种情况肯定算在必要支出里的，要记得申报啊。"

三船端正的面庞露出微笑。橘纳闷，进入正题前先用这个话题来闲聊，想来还是有些奇怪。

服务员送来了饮料，于是两人先干杯。

"今天的庭审辛苦您了。"

橘语气认真，三船却忍不住笑出声："咱们这算什么聚会？间谍交流会吗？"她开着玩笑，微微歪了歪纤细的脖子。

"证人质询的情况如何？"

"那可真是累坏了，筋疲力尽。庭审中我一直在想，我到底在做什么？全著联有五百多号员工，为什么偏偏选中我？我至少想了上百次，出庭的要是橘先生就好了。"

"……对不起，麻烦您出庭了。"

"我的意思不是要您道歉啦。"三船再次笑了起来。这笑容与她在工作中那种毫无破绽的微笑不一样，但也不像是她真实的表情。

"橘先生，您是什么时候被安排卧底调查的？"

"两年前的五月。"

"那我比您更早去三笠上课。明明是从神乐坂派那里偷来的计划，抢功劳倒是挺快的。"

三船吐露事实的语气中带着一丝责备。

盐坪说得没错，确实是他们那边先准备好了卧底三笠的计划。

"那个，您属于赤坂派，对吗？"

"怎么可能？像我这种基层的小年轻，哪能自称是赤坂派的人。"

说着三船缓缓将酒杯凑近唇边。橘也伸手拿起自己的杯子，但里面的乌龙茶既没味道，也显得不够有面子。

"我只不过是参加过几次赤坂派的聚会，仅此而已。反过来说，您是神乐坂派的正式成员吗？"

"我只是按照上司的指示，每周去三笠上课而已。"

"我也是这样，根本没听说任何详情。"

不过，三船显然比橘对组织内部的情况了解得更多。

"所谓'某某派'听起来煞有介事，但说白了不就是公司职员的集会吗?什么办公室政治,到头来只是分组比赛而已啊。结果居然有那么多人当真挖空心思投入其中,我觉得挺怪的。不过直到前阵子,我自己可能也有点怪。您被通知要去三笠长期卧底时,您是怎么想的?"三船问道。

"我很不情愿。"橘低声回答。那时的真实感受不由自主地脱口而出。

"……您还挺正常的。"

"什么?"

"怎么说呢,看不出来您挺有良心的。"

橘觉得这话冷不丁地有些失礼,却迟疑着没有指出。"我并不是因为良心不安才不想去做卧底。"橘回应道。"是吗?"三船移开视线。

橘不愿去三笠做卧底,并不是对这种任务感到抵触,而是因为害怕再次演奏大提琴,他只是想逃避这种情况。如今回想起来,橘感觉自己已经走到了很远的地方。

现在只像漫长的时间从中间被抽掉,但确实有个巨大的变化。

在街上看到大提琴盒时,橘再也不会感到不安和恐惧了。

"当时我反而稍微有些开心,接到卧底调查的任务时。那时的感觉就像,终于有人认可我的能力了。"

总务部的佳人望向窗外夜色。餐厅对面是一栋独立的房子,门口亮着一盏圆圆的灯。

"现在想来,我确实有些肤浅,还以为自己是被提拔了。这跟随便被带去参加接待是不一样的,对吧?一开始我还挺有干劲的,想要好好表现一下。对了,我之前不是有几次邀请您去吃午餐吗?"

三船突然提到过去的事,橘有些不知所措。他本以为三船肯定是对他有好感，但从目前的对话来看，这个念头显然很蠢。

"您当时觉得是为什么？"

"……我以为就是普通的一起吃午餐。"

"其实我听说神乐坂派定下的间谍是您，觉得挺有趣的，就想探探您那边的动向，没想到您的防备固若金汤，真让我惊讶。您的女朋友是公司里的人吗？"三船猜测道。

橘则含糊地回答："不是那样的。"

"那您可真是个怪人呀。"美女自信地笑了，"我知道您开始去三笠的原因跟我一样，所以就是想了解一下上课的情况而已。您一直向我隐瞒学习大提琴的事吧？就算您说出自己在三笠学大提琴，一般人也不会联想到那是为了打赢官司在做卧底调查啊。"

橘突然想起某天在公交车站的情景。知道她只是在捉弄自己后，橘终于理解了那个令他困惑的瞬间。

意大利面端上桌，红酒也续上后，三船绫香开口问道。

"橘先生，您在三笠的课上演奏了什么乐曲？"

"我用的是类似流行乐精选集那样的乐谱。"橘轻声说完，三船的表情顿时柔和许多，让他不禁想起前阵子在应急疏散楼梯上看到的三船那稚气的一面。

"一开始我练的是收录电影配乐和流行音乐的乐谱集。"

"电影配乐啊，挺不错的。"

"练了一段时间后，开始学小野濑晃的名曲集。"

"您的老师是什么样的人？"三船切中要害时，橘感到喉咙深处像被塞进一块铅，有点喘不过气来。

"……他人很好，大提琴拉得很棒。"

"是个和蔼的老师吗？"

"他的指导很严格，但可以这么说。"

"真羡慕您。我那个老师啊，是个感觉很不好相处的大妈。您懂吧？就是那种讲话会特意拉高音调的人。"

三船捂着嘴咻咻地笑着，如孩子般天真调皮。

不知不觉间，两人都放下了手中的叉子。

"她做事很干练，但一点都不亲切。起初我还想，呜哇，碰上一个麻烦的老师了。但她教得非常认真，讲解也很清楚易懂。面对我这个大外行，她总是非常用心。我吹得好的时候，她还会夸奖我。"

三船的视线在空中游移，突然在某个点上停住，脸上的表情变得严肃。橘感觉，这是他第一次看到三船如此真实的面貌。

"今天的庭审……"

"……是的。"

"三笠方面有四个证人出庭，全都是长笛的讲师。我想是因为他们掌握了我的信息，才会做出这样的安排。我的老师也在其中。最开始和她对上眼时，我感觉心里一紧，还因为罪恶感起了鸡皮疙瘩。但老实说，当时我根本顾不上这些，满脑子只担心能不能好好回答律师教我的那些问题。我们的高层也来了，我紧张得要命。原告方先做证，然后才是我做证，所以三笠那边的陈述内容我压根儿没听进去。但是，当我的老师开始做证时，我能感觉到自己的心脏在逐渐冻结。您知道她当时说了什么吗？"

三船吹奏长笛的嘴唇微微颤抖。

"'老师和学生之间存在信赖和羁绊,存在固定的关系,这些全都是无可取代的。'我的老师这么说。就在那一刻,我感觉自己的一切都被玷污了,真的让人无比厌恶。"

三船声音低沉,平静的语气中不带任何感情。

面对她那阴森森的表情,橘有一种错觉,仿佛自己正看向一面镜子。

"我真的很吃惊。感觉就是,她怎么会在这个时候,在这个地方,说出那种话呢?就算是我也明白,那种理由在法庭上根本站不住脚。三笠是一家社区音乐教室,谁都可以来上课,对吧?也就是说,它的学生是不特定的,无论人数多少,都属于'公众'。我们一直是根据这种逻辑走到现在的,怎么事到如今还提那种东西,什么信赖、羁绊,拿那些看不见的东西出来说,到底有什么用?后面我做证的时候,我觉得自己表现得很好。我擅长这种事情。我什么时候、怎么加入三笠,上了什么样的课,练习了哪些曲目,接受了什么样的指导,我的感受是什么,想法是什么,我都一五一十说出来了。我还说到老师的长笛演奏有多么精彩,如何触动了我的心灵。我目视前方,坚定地说,这种亲耳聆听的经历比参加任何音乐会都更加珍贵,让我浑身起鸡皮疙瘩。

"我一直在想,我干吗买什么新西装?"三船喃喃自语,"橘先生,作为'间谍交流会'唯一的伙伴,我想问您一件事。"

"……您说。"

"我做了坏事吗?这是背叛吗?"

三船确认道。这直率的说法犹如利刃刺进橘的心脏。

"两年时间,很长吧?我们这两年时间的分量非常沉重,跟上面那些人想象的两年是不一样的。"

"……这要说到我的事了。我在最后一节课上搞砸了，被三笠的讲师发现是全著联的职员。"

橘坦白道。这时三船慢慢抬起视线。

浅叶发觉他真实身份的事，橘其实还没向盐坪报告。

"好不容易可以避免出庭，却因为一个无聊的意外暴露了。我的老师非常生气，愤怒到了极点。他狠狠地骂了我，说我是个没有想象力的人，至少半点都没用在他人身上。我觉得他说得很对。现在也是，说什么'好不容易可以避免出庭'，对必须出庭的您来说真的很没礼貌。琴房的椅子被踢飞的那一刻，我才明白背叛他人的信赖意味着什么。"

说出这句话后，那天的情景再次清晰浮现在他眼前。

"和您一样，我也在三笠上课，做出间谍行径。我伪造身份，每次上课都偷偷录音，却若无其事地和老师闲聊。我甚至参加了学生的交流会，不仅欺骗老师，还欺骗许多人。那天谈到那篇报道时，老师说，遇上这种事，以后哪里能信任别人？确实啊，一旦经历过那种事，肯定会害怕招收新学生的。这就是我们的所作所为。"

橘斩钉截铁地说道。三船沉默了一会儿，耸耸肩笑了起来。

"感觉有点好笑。您讲的话太严厉了。"

"……呃，我的意思并不是要责备您。"

"我们确实做了坏事，背叛了别人。不管怎么辩解，这个事实都不会改变。现在反省也没有用，恐怕也没有机会道歉，哪怕道歉，也只会让对方为难。您是这个意思吧？"

"对不起，我讲话不经大脑。"橘道歉说。

三船则尖刻地回应道："看来您确实没什么想象力。"

她握着叉子柄在冷掉的意面盘子上转圈，接着说：“不过，总比听那些无聊的安慰话要好得多。”

窗外静悄悄的，没有任何人经过的迹象。

"其实这种反省会可能会跑偏到奇怪的方向，不是吗？"

"奇怪的方向？"说着橘重新卷起意面。

"也不能说奇怪，应该说是真正毫无意义的那种。"三船拿起酒杯，"比如'实际上咱们没那么坏'或者'给了三笠一个好看，干得好啊'之类的。"

"嗯，是啊。"

"我讨厌那种氛围。我男朋友就经常是那种调调。"

"您男朋友是做什么的？"橘半是好奇地问道。

"足球运动员。"三船答道。橘惊讶地抬起头。

"但他是预备队的。"三船淡淡地补充道。

两人走出餐厅，来到可以望见路侧公交车站的地方。"我有车来接，就在这里道别吧。"三船突然面容明朗地朝橘说道。夜晚的目黑大道车流稀少，甚至能轻松走到对面车道。

橘没能完全读懂当时三船脸上的表情。

"橘先生，您也辛苦了。能和您聊庭审的事，真的很开心。"

"哪里哪里，今天您真的辛苦了。"

"'间谍交流会'就此解散。"说着，手臂上挂着崭新外套的女人露出一抹转瞬即逝的微笑。就在那一瞬间，橘感到心中仿佛有股强烈的情感在涌动，但远处驶来的公交车灯光让他分了神，他下意识地离开了那个地方。

不像电影和周刊杂志有个完美的收场，生活总是平淡地继续下去。

"既然庭审也顺利结束，我会把在三笠的一切都忘掉。可能会消沉一阵子吧，该怎么消沉就怎么消沉，等终于走出来之后，我会把这些事全都忘掉，把不愉快的记忆全部抛诸脑后，尽快回归现实。毕竟明天还得继续工作。"

橘搜索"全著联"，发现社交媒体上的讨论依然热烈。

"小橘，演奏部来电话了。"

离开始上班还有几分钟，其他部门却已经来电咨询，橘只好把手机倒扣在桌上。一拿起电话听筒，他便被一连串细碎的问题弄得应接不暇，脑子根本转不过来。

橘最近又开始做起深海的梦，噩梦也愈发频繁。

"好的，我确认后再回电。如果您方便收邮件，我会用邮件回复。"

强忍黏稠的睡意，橘按着眼角，伸手去拿罐装咖啡。睡前吃的安眠药药效一直延续到早晨，现在他又离不开咖啡因了。

"今天的会议时间改了。因为矶贝小姐下午有工作。"凑告诉橘。

"好的。"橘点点头，这时他差点要打哈欠，于是赶紧咽了口唾沫。

"喂，你听说三船小姐的事了吗？"凑问道。橘则装作什么都不知道的模样。

"我们和三笠的那场官司，之前已经在推特闹得沸沸扬扬，现在终于上电视新闻秀了。"

"真是麻烦啊。"

"听说周刊杂志也出了跟进报道，虽然名字和长相没有曝光，但也很可怕吧。三船小姐这周请了一周的假,是不是因为这个原因?我有点担心啊。"

他究竟在对谁展示自己的关心?这种意图给人亲切印象的台词听起来有些滑稽可笑。即使在这里费再多的心思,三船也不可能知道,就算知道,想必也无济于事。

橘感觉胃里翻江倒海,于是从桌子抽屉里找出胃药。他就着罐装咖啡吞下胃药,结果药片卡在喉咙深处,非常难受。

收到盐坪要求他去地下档案室的邮件时,橘已经做好了受到惩戒处分的准备。

"今天有点杂事想麻烦你。虽然知道你很忙,但能不能帮忙整理一下书架?需要把这些旧的纸质文件目录整理出来,录入数据。"

盐坪如此说道。但橘心里明白,这肯定不是重点。这种事完全可以通过邮件交代,而盐坪特意来到这里,必定有别的原因。

地下档案室的通道里摆着一辆把手外漆都已经剥落的小推车。如果要将这片区域的所有文件都搬到三楼去,那可是相当大的工作量。想到得一个人做完这些,橘的心情顿时有些沉重。

橘开始从书架上取下文件,逐一堆在推车上。过了一会儿,盐坪开口了。

"三船绫香在法庭上做证的事,你看过报道了吗?"

与汇报卧底调查情况时一样,这位小个子的上司背对白色墙壁看着橘。荧光灯反射在他脚下的地板上,形成点点光斑。

橘回头看了一眼盐坪,很快又转回钢制书架。

"是的，网络上的报道我大致都看过。"

"据说她是在四月中旬离开三笠的，然后比我们稍早一步整理好报告并提交给高层。她真的很能干啊。如果我有需要反省的地方，那就是让你潜伏得太久了，我们确实不需要等整整两年的时间。"

沉重的睡意席卷全身，抑制着橘急速跳动的心脏。他拿起几本厚重的文件一起堆在推车上，接着再次伸手去够高书架的上层。这一幕突然让他回想起令人怀念的记忆。

地上三米究竟有多高？

"对了，小橘。那支圆珠笔式的录音笔呢？你还没有归还公司借给你的设备吧？"

盐坪追问道。橘则停下手上的动作。

"……录音笔在三楼我的办公桌上，待会儿马上还给您。我都给忘了。"

"那真的是我给你的录音笔吗？该不会是没有数据的新机器吧？"

听到盐坪的逼问，橘再次回头看向他。

盐坪脸上挂着僵硬的干笑，显露出少有的紧张感。

"你在三笠录下的所有音频数据，全都从公司的共享文件夹中消失了。邮件记录也被删除了，用来备份的存储介质也整个被调包了，序列号都不一样。这是怎么回事？"

"莫非是被赤坂派的人动了手脚？"

"你别给我装傻了，橘！"

盐坪的怒吼声在寂静的地下空间中回荡，那是橘在办公室里从未听过的声音。但橘表情严肃地直视盐坪，不带任何犹豫。

异常黏稠的睡意正在逐渐剥夺橘的正常判断力。无论是惩戒处分还是别的什么，他感觉已经不在乎了。

自己已经一无所有。

只有职场和家两点一线的人生，有没有都无所谓了。

"我没有装傻。如果我们的卧底数据被删除了，那恐怕是赤坂派的人干的吧？"

"你可以坚持自己无辜，但如果在你交还的录音笔里也找不到三笠的录音数据，我会把你的行为报告给实地调查委员会。到时候你可能面临惩戒处分。"

盐坪威胁道。橘不禁狠狠瞪了他一眼。也许是感到意外，盐坪那双蛇一般的眼睛骤然睁大。

"真让人失望啊，小橘。"他的脸颊一侧不自然地高高拉起，"最重要的数据被销毁，设备被盗。我可以报警处理的哦。"

"我不介意。但是那样做的话，媒体可能会更加大肆报道吧。"

橘回应道。看到盐坪一下子怒不可遏的模样，橘感到自己抓住了他的软肋，便稍稍抬起下巴。

"如今正处在风口浪尖的全著联，内部发生数据被销毁和电子设备失窃案。如果事情在这个时间点被曝光，肯定会被某些渠道泄露出去。那么外界必然会好奇那些被有意销毁的数据到底是什么，从而再次引发公众的关注。全著联派去三笠的间谍不止一个，而且他们还掌握着没有在证人质询中提交的课程录音数据。这种新闻足以再次引爆社交媒体。目前全著联的不少正式会员也开始对我们的做法提出质疑，这种时候把事情闹大，恐怕是一着坏棋吧？"

橘连珠炮似的说完后，眼前的男人露出一副彻底无奈的表情，开口说道：

"……你这是怎么了？"

"如果您能放过我，不向实地调查委员会报告，这对您也有好处。虽然销毁数据是我一手策划，但设定了能被我这种人轻易破解的密码的人，正是您，盐坪先生。"

橘断言道。听到这话，盐坪终于笑了起来。昏暗的地下室一角传出轻轻的"嘶嘶"的喘息声。

带着几分悲凉，仿佛啜泣一般的声音在空气中回荡。

"跟你说皱鳃鲨的事是个败笔啊。那确实是我的失误，太大意了，竟然因为闲聊往事被人算计了。就是因为这样……就是因为这样，我才不能信任别人。"

盐坪带着一种笃定的表情喃喃道。这句宛若诅咒般的话语，好似融化的糖果黏腻地沉淀在橘的心底。

"从结果来看，在间谍方面做两手准备居然是个正确的决定。没想到会被你背叛，变成是赤坂派救了我，真是养老鼠咬布袋。"

"……非常抱歉，辜负了您的期待。"

"我要收回接纳你加入神乐坂派的那句话。"盐坪宣告道。橘则深深地低下头。也许是室内外温差的缘故，空调的声音突然变得很大。

橘感到极度的困倦，困得好像马上就会倒下去，困得几乎要死掉。

"你在三笠到底是被什么给笼络了？你删除那些课程录音之后，又打算怎么办？"

走出地下档案室最深处时，盐坪向橘问道。重新思索这个问题，橘自己也不太明白。当时他是不是以为，只要销毁所有录音证据，拒绝出庭，就能改变些什么呢？而三船呢？她从未有过这样的想法吗？

橘回想起三船曾提到的那位长笛老师的话。

"据说音乐教室中存在信赖和羁绊。"

橘一边说，一边伸手去够高处的书架。即使他再努力伸展手臂，也触碰不到三米的高度。

然而琴弦的声音能够传到比那里更高的地方。

"这是一种无可替代的、牢固的关系，存在于音乐教室的学生和老师之间。我在新闻报道中看到对方讲师是这么说的。但那种羁绊是否真的存在，我并不清楚。"

出社会以来，橘第一次在工作日睡过头，醒来时已经是中午了。当他发现透过窗帘缝隙射进来的光线类型有所不同时，脑海中迷迷糊糊地想，这下真的大事不好了。

打电话向公司请假后，不知为何他拨打了睡眠障碍门诊的电话。对方告知正好有个临时取消的预约，三个小时后有空位。"那请帮我预约那个时间。"橘说道。预约成功后，他感觉全身逐渐放松下来。

橘挂断电话，暂时躺在床上，一个人住的屋子静得出奇。

"我正奇怪您怎么在这个时间段来，原来是这样的原因啊。如果困到工作日的早上都起不来，那确实是个问题。"戴着耳环的医生点头说道。

"是啊。"橘低声回应。仅仅如此，他就感觉稍微轻松了一些，可除此以外，好像也没什么需要对医生说的，他开始觉得自己特意跑来医院有些可笑。

自己只是想让人随便附和几句而已，这难道不奇怪吗？

"药效似乎太强了，我们试着减少用量吧。也要兼顾您入睡的情况，先试试减半，看看效果如何。"

"减半吗？"

"是的，现在是两片，从今晚开始减到一片。"

"一片啊。"橘重复了一遍，感觉对话很快就要结束。毕竟诊疗所需的内容已经谈完了，这是理所当然的。但他觉得，假如自己就这样回家，情况不会有任何改变。

他想跟人说话，说什么都行。

天气也好，新闻也好，话题是什么都无所谓，他只想找人聊一聊。

"……您知道大提琴这种乐器吗？"

没有任何铺垫，橘突然抛出问题。医生露出有些惊讶的表情，耳朵上的方形耳环也微微晃动了一下，但还不待橘退缩，她便回应说："我知道。

"就是长得像大型小提琴的那种乐器吧？坐在椅子上演奏的。"

"我最近一直在学习的乐器就是大提琴，不是吉他，也不是钢琴。"

"这样子啊。大提琴不错呀。您都演奏什么曲子？"

听医生把话接了下去，橘感觉心情豁然开朗，像是有清新的空气吹进来，大脑中逐渐充满氧气。

这是橘第一次向这位医生提起自己的事情。

"我喜欢巴赫的音乐，但在音乐教室学习时，主要练的是小野濑晃的曲子。"

"确实,小野濑晃的音乐给人的印象就是以弦乐器为主。最近他的曲子还出现在汽车广告里呢。我也很喜欢他的音乐。"

"因为大提琴是弦乐器。在能拉出纯净的音色前,它很难掌握。比起按弦的左手,右手持弓的技巧才是最重要的。但是我比较神经质,老是过分专注在准确演奏出旋律上,结果忽略了运弓技巧,总是被老师批评。"

这些如泉水般涌出的话语,是基于橘对眼前这位医生的信任。然而,给予橘信任他人这项选择的,则是另一个人。

究竟是谁让橘意识到自己是可以倾诉的?

"话说回来,医生,您会做噩梦吗?我最近又开始做噩梦了。"

橘喃喃道。仿佛发现喉咙深处有一根闪亮的鱼刺,医生马上向前探出身子。"是什么样的噩梦?"她问道。而橘的目光四处游移,仿佛在摸索一座看不见的迷宫。

"是关于深海的梦。"

"梦见自己溺水之类的?"

"不是,我梦见的是待在一个漆黑无比的地方,完全无法动弹。我自己觉得那是深海的梦,但实际上那地方是不是海底,我也不确定。从小到大,我一直做同样的梦,但一开始并不是在海里。最初是在晚上的小巷子里,后来巷子逐渐变黑,最后什么都看不见。如果人在心理上受到强烈刺激,会变成这样子吗?"橘问道。

"是有可能的。"医生谨慎地回答。橘说出的"强烈刺激"这个词就像回旋镖一样反弹到自己身上,揭开他内心陈旧的伤疤。

自己一直对过去发生的事耿耿于怀,一直恐惧不已,这让他感到非常羞愧。

"我小时候有一次差点被绑架。虽然最终他们并没有得逞。"

橘接着说道,牙齿也开始"喀喀"打战。

"那天晚上我走在路上,突然被人硬拽进一辆车里,我当时完全蒙了。虽然当场侥幸逃脱,但它带给我的震撼和恐惧并没有减轻半分。从那以后,我时时刻刻有种莫名的恐惧,开始反复做同样的噩梦。这里是个不确定的地方,活在这个世界上一点都不踏实,因为我随时可能被拽进黑暗中,不是吗?总之,我一直觉得世界本身就是一个不可信赖的地方。但我已经快到极限了。如果有办法能治愈这种不安和恐惧,不管是心理咨询还是别的什么,我都愿意接受。"

曾几何时的话语如音乐般从橘的记忆深处浮现,落到他那颗赤裸裸、血淋淋的心上。

——"这既不丢脸,也不可耻。"

——"小橘,这一切都不是你的错。"

"……谢谢您愿意说出来。谢谢您愿意信任我。"

这一瞬间,橘的视野骤然张开,有种仿佛眼前的一切都向他推进的罕见感觉。这种从未体验过的感受剧烈地扩展了他的世界。

橘突然低头看向自己的手掌,仿佛要确认自己的存在。他左手的指尖依然坚硬,维持着圆润的弧度。

九月中旬的天气依然炎热,休息日橘总趿拉着一双凉鞋,但那天他要去的是音乐厅,因此难得穿上了普通的鞋子。

小野濑晃的音乐会在上野举行，因为不常去那里，橘提前从家里出发。走在住宅区狭窄的人行道上，很快就浑身冒汗。抢到票的时候，他以为演出的日子在秋天，但目前秋意依然遥远。

抢在音乐会前头，橘先戴上耳机播放小野濑晃的音乐。这是他离开三笠后第一次听《雨日迷途》。

久违地听到大提琴的音色时，橘心想，真好。

他无意间抬头看向街道两旁的树木，阳光从大片树叶的缝隙间细细洒落，他每走一步，光点也随之忽明忽暗。

音乐会按时开始，T交响乐团的演奏者各自就位后，沐浴在会场里第二乐章的掌声中，小野濑晃登上舞台。从二楼后方座位俯瞰，这位伟大的指挥家显得像一粒米那么小。

小野濑晃举起指挥棒，一切瞬间安静下来。

闪亮的钢琴旋律引出大提琴深沉的低音。这段锐利的旋律曾经让橘感到极大的威胁，仿佛自己的阴暗面被暴露在光线下，让他充满莫名的恐惧。

《皱鳃鲨》是一首美丽的乐曲，正如浅叶以前所说。

音乐会结束后，橘随着人流走在大厅里，背后突然传来一声语气坚定的"您好"，他下意识地回头看去。

"我看到您站在宣传册那边，我觉得肯定是您。好久不见了。"

佳澄喘着气说道，轮廓柔和的眼睛睁得圆圆的。目光相碰的瞬间，橘孤独的平静终于被打破。

橘离开三笠后，至今还不到三个月。

"……佳澄小姐，你不是明天的票吗？"

"我朋友临时有事，我们就换了票。我有想过，橘先生您参加的是第一天。但没想到真的能遇见您。"

佳澄的轻声细语变得有些沙哑。原本已逐渐淡去的罪恶感顷刻间又变得深重起来。

感觉很讨厌。

他不想要那个自己已经切断的不安定的世界再次回来。

"橘先生，您最近过得好吗？"

"……佳澄小姐你呢？"

"我还好。大家也挺好的。说是好，也许跟真正的'好'不太一样。我从浅叶老师那里听说了您的工作。"

佳澄说出这句话后，橘的背脊不由得一阵发凉。

那个他单方面以为已经画上句号的故事，开始以一种他不愿接受的方式再次展开。

"橘先生，您是全著联的人，对吧？"

"嗯。"

橘简短地肯定道，两只手臂都起了鸡皮疙瘩。

他根本不想听到任何可能抹去他在 Vivace 那段快乐时光的消息，也不想知道那些人在得知他参与了卧底调查后，会怎么看待自己。

"大家都在担心您，也不只是担心，心情很复杂。梶山先生很生气，但那是因为您擅自把他的联系方式拉黑了。蒲生先生也嘟囔着'不知道橘先生现在在做什么呢'。花冈女士和我每次见面也都会谈到您。浅叶老师应该也很挂念您。"

听到这个名字，橘的心一下子揪紧了。现在浅叶正忙着准备大赛的预选，根本无暇顾及其他事才对。

早知道就不该做多余的事，尽管为时已晚，橘依然感到后悔。

只要交学费，每周上一次课就够了，就调查而言已经绰绰有余。如果只是随随便便去上课，浅叶可能也不会对他有什么特别的印象。为什么自己要那么认真地投入呢？

因为很开心，拉大提琴很开心。

"……你看过那篇报道了吧？"

"是的。"

"我不是报道中的那个人，而是另一个卧底的职员。我潜入二子玉川的教室是为了调查三笠的课程情况。为了打赢官司，全著联内部需要有人出庭做证。"

橘越是接二连三地解释，就越感到这些冷漠的借口令人厌恶。不管再怎么解释，都无法弥补哪怕一丝一毫的罪过。

"在关键时期发生这样的事，我已经无颜面对浅叶老师了，也很抱歉把大家都卷进来。我本来只是打算稍微观察一下，结果每次都参加了聚会……"

橘低下头道歉。

"请不要这样。"佳澄说道，"梶山先生说，工作上要求您做什么的话，那就只能去做，个人的信念和信条在组织里是没法通用的，上班族就是这样，我能理解。"

"卧底调查算是工作要求，但参加 Vivace 的定期聚会是我自己的决定。这种能在电车的中吊①广告上看到的事件,你应该也不希望,自己不知不觉中居然认识了相关人员吧?如果我当初没有轻率地去Vivace,对你们来说,这一切就只会是新闻中的故事。"

橘自嘲道。这时佳澄再次说道:"请不要这样。"

那是斩钉截铁的否定。

"……请别再说这种话了。我们不是一直相处得很开心吗?"

佳澄一脸认真。

"大家聚在一起,一块儿吃饭,不是很开心吗?办交流会的时候。不是说每次都有什么特别的事情,但只是大家聚在一起,就已经很快乐了,不是吗?至少我是这么觉得的。我认为大家也这么想,所以我才一直在协调聚会时间。我还没走上社会,对工作还有您从事的工作也完全不了解,但我认为,事后才说'早知道就不该做'这种话是不对的。"

佳澄一口气说完这些话,橘感到十分惊讶。

他从未见过佳澄如此直接地表达自己的感受。

"我考上了。"

"啊?"

"我通过了公立幼儿园的招聘考试。

"我一直以为自己肯定笔试不及格,结果居然进了面试,还合格了。"

佳澄激动地告诉橘,橘一下子愣住了。

"……就是那个通过率只有百分之五的考试?"

"对。我一直觉得自己学习能力一般,笔试肯定会落榜。"

---

① 中吊:挂在车厢中部、位于乘客头顶的广告。

"恭喜你。"橘连忙祝贺她。

"谢谢。"佳澄答道。

"咦，真厉害，真的……"

"对我来说，这次真的特别努力，比考大学的时候还要用功。教材都快背下来了，不懂的地方也一遍又一遍地看。您知道这是为什么吗？"佳澄问道。但橘完全想不到原因。

见橘有些慌乱，佳澄放缓了讲话的速度。

"……因为您说过，公务员考试就是要反复练习。既然您是全著联的人，那其实就不是公务员，对吧？但我相信了您说的话，竭尽全力去复习，结果笔试就通过了。虽然这不算弄假成真，但其实也会发生这样的事情哦。"

佳澄慢慢移开目光。

那双圆圆的眼睛微微蒙上一层透明的水膜。

"我刚才说梶山先生生气了，但说实话我也很生气。您以为把所有人都拉黑就能轻松消失吗？就算您这么做，大家依然记得您，像今天这样在音乐会上偶遇也是有可能的，而且我还考上了，已经无法回到从前了啊……您不回来二子玉川吗？"

佳澄邀请道。橘感觉脚下的地面似乎摇晃了一下。

"……不，这实在不可能吧。"

"毕竟您并没有出现在那篇报道里，也没有出庭做证，对吧？"

"我觉得问题不在这里，而且最重要的是，老师不会原谅我。我在最后一天把事情全都搞砸，还被老师踢飞椅子赶出门。"

"但浅叶老师并没有跟三笠的管理层报告这件事！他说自己没有义

务报告，但我觉得原因并不是这样。"

佳澄拼命想要说服橘。橘突然感到周围的嘈杂声都消失了。

"从那以后，浅叶老师的课一直是由代课老师来上。他真的在努力，虽然没人能联系上他，但我相信他每天都在为比赛做准备。所以，我不知道该怎么表达，这两件事完全没什么关联，但我真的希望您能回来，橘先生。合奏团的时间安排已经可以在 Vivace 的博客上看到了。"

佳澄连珠炮似的说着。"砰！"橘感觉心脏猛地一跳。

原本已经拒绝的计划，再一次出现在橘的面前。

"即使很难回到三笠，但可以来花冈女士的店吧？我已经找到工作，接下来打算加入大家，尽力演奏好曲子。请您一定要来听，就当作是庆祝我考上了。演奏可能不像这种大型音乐会那么精彩，但我会尽力的。"

这句勇敢的话更是在给自己打气，佳澄的眼神不停地闪烁。

"我一定会演奏得很好，所以请您务必来。"

面对她那带有挑战意味的目光，橘感到自己要被迫做出选择。

橘很快通过搜索找到了 Vivace 的官方博客。页面设计略显陈旧的博客最顶部列出了合奏团的演出详情。

上面写着，届时会有强力三重奏和大提琴合奏的现场演出。

橘趴在床上，接着用手机搜索"全日本音乐大赛"，发现比赛的指定曲目不知何时已经公布了。而那些曲子他一首都不认识。所有曲目只用作品编号标示，看起来显得高深莫测，感觉好像窥见了一个陌生的世界。

大提琴组的决赛时间安排在 Vivace 的合奏团演奏之后。

如果浅叶能够顺利晋级，他们大概不会在 Vivace 碰见。

橘试着搜索其中一首指定曲目，结果找到一个管弦乐团的官方视频。那是肖斯塔科维奇①的大提琴协奏曲。在舞台中央，背后有一整个乐团，怀中抱着精美大提琴的是某个国家的独奏家。

即将响起第一个音符的瞬间，橘回想起演奏会那天学到的知识。

那是坐在驾驶舱内的脑电波。

黎明时分，注意到房间渐渐变亮时，橘蓦地从床上坐起，走向依然昏暗的玄关。他拿起放在鞋柜上的钱包，从卡包中抽出一叠卡片，找出那张白色的卡片。

那张印有乐器店地址、已经有些破旧的卡片，他确实找到了。

在一个从未到过的车站附近，橘找到了那家位于幽静住宅区深处的小小的弦乐器店。它与三笠二子玉川店一楼的风格完全不同，是一家安静的私人店铺。

透过玻璃门往里看，店里似乎没有其他客人。靠近天花板的位置挂着一排小提琴，高大的架子上则摆放着几把大提琴。仔细一看，还有中提琴。

店铺中央，一台木制吊扇缓缓转动着。

尽管店面不大，风格却颇具专业气质。

"您有兴趣的话，请进来看看。"

背后传来的声音吓了橘一跳。一位看起来像是店主的年长男性，手

---

① 肖斯塔科维奇：德米特里·肖斯塔科维奇（Dmitri Shostakovich），20 世纪最重要的作曲家之一，苏联乐派的代表人物。

里拿着一瓶饮料,似乎刚从斜对面的自动售货机那里回来。

"……但是我只是个外行。"

"内行的人反而不多哦。就算只是看看,也欢迎光临。"

戴着薄针织帽的店主推开门,等待橘走进。橘觉得在这里拒绝似乎不太合适,于是微微鞠躬后走入店内。

感觉像被邀请到陌生人的家中一样,他有些不安。

"您有经验吗?还是刚开始学?"

"稍微学过一点。"橘回答道。

"小提琴?"店主问。

"是大提琴。"橘答道。

"不错啊,大提琴。"说着店主用布满皱纹的手拧开了绿茶的瓶盖。可能是看出橘不太爱说话,店主没有再打扰他。

橘看着架子里从上往下摆放的大提琴,它们的颜色各不相同。有些接近深棕色,也有些偏红色。像这样从侧面进行观察,琴头的螺旋状部分似乎渗透出每位工匠的个性。真是个新发现,橘想。

在大吊扇下方,橘停下脚步。

橘站在大提琴架子前面一动不动。过了一会儿,店主说道:"可以试奏哦。"

"啊,不用。"橘下意识地左右摇头。

"没事,这儿不会说您试奏了就非买不可。"老店主站了起来。"您要哪一把?"店主自顾自地继续说道。

"那请给我这一把。"橘被店主推着选了一把大提琴。不知为何,橘有些在意那把琴。

店主抬起琴，递来琴颈的瞬间，橘的紧张指数一下子升高。

"……那个，试奏是指？"

"您可以随便拉一首曲子，反正现在也没有预约的客人。"

店主从店里深处拿来一把大提琴椅，橘坐了下来。

他把大提琴放在膝上，调整好尾柱的长度，接着将尾柱直接插在已经布满痕迹的木地板上。以尾柱为支点，橘将琴身立起，慢慢倾斜让琴颈靠在身体左侧，琴身则轻轻贴在左胸前的惯常位置。

这个微小的接触点仿佛火花迸发般让他感到一阵炽热。

橘静静地握住琴弓，在大提琴实际发出声音之前，他感觉自己已经可以捕捉到空气中即将诞生音乐的氛围。橘缓缓开始拉多曹尔的练习曲，柔和而悠长的音色如暖暖的清水般流淌开来。旋律仿佛是橘在大提琴教室中看过的那幅泉水图，清澈而透明。纯净的弦音几乎要触及小乐器店的天花板，蹦跳个不停。

运弓要轻快，声音要深沉。

橘忽然想起重要的事，便开始发散想象力。

他在挂满小提琴的店内白墙上，想象出一扇小窗，于是泉水都涌向那里，澄澈的水缓缓流向窗外，流向外界。

小橘，你的优点在于敏锐的想象力。

"真是一首美丽的曲子，听您演奏是一种享受。"

拉完整曲后，店主"啪啪"鼓起掌来，橘惊讶地抬头。

"……谢谢您，这真是一把好琴。"

"要不要试试别的琴？我还有时间，过会儿才有预约的客人来维修，现在完全不要紧。"

橘郑重地婉言谢绝，同时询问店里大提琴的价格范围。"每种乐器的价格各不相同。"说着，店主拿出一本手工制作的目录册。

"您现在有大提琴吗？"

"没有，我一直用的是租来的乐器。"

"那您可能还需要一些配件。除了陈列在那边的琴盒，我们还有许多其他款式。而且网店上可以看到所有产品，您有兴趣就去看看吧。"

店主正要递给橘一张纯白的店铺卡片，橘忽然"啊"了一声。

"……我有这张卡，所以不用了。"

"哎，是吗？从哪里拿到的？"

"朋友推荐我来的。"

"原来如此。"老店主露出了开心的笑容。听到外面传来热闹的声音，橘朝外看去，只见一个牵着狗的孩子沿着眼前的道路奋力奔跑。清爽的秋日晴空在各家各户的屋顶上方广阔地延展开。

那天橘还去了趟影碟出租店，借了一张《战栗的皱鳃鲨》的DVD。

电影剧情本身并没有多少起伏。故事讲述了一名以色列特工逐渐融入他潜入的柏林街头的生活。仅此而已。

他会应邻居的邀请一起喝酒，帮无依无靠的老妇人处理家务，还化身为悄悄帮忙准备小镇节日活动的老实邮递员。最终，这个男人被自己人打成筛子，落入了运河中。

只有在以另一个身份生活的那段时间里，他才露出过一丝满足的微笑。

电影并没有直接描绘他是否对这一生感到后悔。

《雨日迷途》

面对长年以来固定不变的、
脆弱的自我形象,他轻快地一跃而过。

全日本音乐大赛的第一轮预选在节假日举行，结果将在官方网站上公布。橘做好心理准备后刷新页面，却发现这个阶段并不公布通过者的名字，顿时感到非常失望。即使知道参赛编号，外人依然无法判断浅叶是否顺利通过第一轮预选。

只有能进入决赛的第二轮预选通过者的姓名才会被公布出来。

第二轮预选赛当天是工作日，橘照常上班。

"这些东西堆这么高，没问题吧？"

看到橘桌上堆得高高的纸质文件小山，从复印机旁回来的矶贝开口问道。"它们很意外地可以保持平衡哦。"橘一边翻看手中的纸质文件，一边绞尽脑汁辨认那些老旧的手写文字。

地下档案室纸质文件目录的数字化似乎遥遥无期。由于这项工作与手头的其他任务并行，所以进展缓慢。然而这工作并不是特别繁重，如果要称其为惩罚，那未免太轻松了。

后来橘并没有被实地调查委员会叫过去。

"难道这些文件都要你手动录入？这种事找个兼职来随便做一做不就好了。是谁给你安排的工作？"

"是盐坪先生。"橘如实回答道。

"被麻烦的家伙给缠上啦。"矶贝露出一种奇怪的笑容。趁着盐坪不在座位上，她开始肆无忌惮地说起上司的坏话。

橘心想，假如那个人不属于任何派系，恐怕也很孤独。

"盐坪课长是个奇怪的人吧，应该说有点不合时宜。他是那种喜欢公司的人。不是喜欢工作，而是喜欢公司。现在已经不流行这种类型的人了吧。幸好我在实际工作中和他没有太多接触，跟他打交道肯定很累。"

看到后面座位的荧光灯一盏接一盏关闭，矶贝说："已经到中午了啊。"然后从自己的椅背上拿起薄对襟毛衣。明知道现在是正午，橘还是不由自主地又看向手表确认时间。

决赛出场者的名单将在今天傍晚公布。

"去买点东西回来呢，还是出去吃呢？真是拿不定主意。干脆久违地去那家意大利餐厅吧。你知道吗？就在大马路往里面拐一条道的地方。小橘你都吃便利店，所以不知道吧？"

说完这话矶贝便走向通道，留下橘一个人。因为早上喝了太多咖啡，橘一点食欲都没有。不知是不是胃不舒服，胸口隐隐感到沉重。

这时手机屏幕突然亮了起来，橘迅速拿起手机。

结果只是一个私聊的通知而已，这让他对自己刚才的期待感到一阵厌烦。

那天晚上，在上野音乐厅遇见佳澄之后，橘就解除了对"交流会"成员的屏蔽。他知道自己应该主动联系他们，但还是没下定决心。

光是想象合奏那天的情景，他的内心就开始不安。

等终于到了傍晚的时候,橘却没有勇气去确认第二轮预选的结果。

"怎么样?咨询效果如何?"

在睡眠障碍门诊接受诊察时,医生这样问道,橘则露出一个模糊的笑容。

这家诊所里设有专门的咨询室,里面有专职咨询师,而不是由这位戴耳环的医生来进行咨询。前几天,橘第一次在那里接受了咨询,但面对一个完全陌生的人,他对于谈论自己感到很不自在,难以畅所欲言,觉得这钱花得不太值。

"……那个,说实话,我还没看出什么效果……"

"这是您第一次咨询吧?这种疗法不会立竿见影,需要慢慢来。任何事情都需要时间,不要太急。"

"咨询大概要多少次才能见效呢?"

"嗯,这个真的因人而异……"

"我比较小气,可能不会坚持太久。"橘似笑非笑地说。

"是吗?"医生也笑了。

自由诊疗的咨询费用是每六十分钟一万日元,如果效果不明显,橘不太愿意继续支付这个费用。昨晚他又梦见了深海,而且喝太多咖啡的习惯也没有改掉。

"不过,虽然只是我的个人感觉,但我觉得您和最初见面时相比,氛围已经改变了不少。"

听到这句意外的话,橘从龟背竹叶子上抬起视线。

"……哪个地方变了?"

"您现在开始愿意讲一些自己的事情了,即使只是些小事。您说自己比较小气,可能不会坚持太久。以前您是绝对不会说这种话的。"

医生耳朵上戴着的绿松石耳环微微晃动。这个例子让橘感到有些不好意思。

"我不确定这是因为您习惯了这里,还是因为您自身发生了变化。但无论如何,这意味着您现在在这里感到了安全和安心,对吧?如果没有这种保证,人是很难表露自我的。现在您能觉得在这里谈论自己的事情是安全的,这就是所谓的信任。人际关系就是在这种无数信任的积累之上建立起来的。这就是为什么我们把这个像是模拟会场的地方称为'咨询室'。"听医生这么说,橘想起那天来做心理咨询时被带过去的那个小房间。

那里的氛围与三笠的琴房稍微有些相似。

"……请问。"

"您说。"

"那种类似信任关系的东西,一旦被彻底破坏,会变得很糟糕吗?其实不只是破坏,已经被彻底粉碎了。"

说完橘不小心冷笑了一声。医生脸上罕见地露出了困惑的神情。看到这个表情,橘第一次觉得面前的医生也是一个普通人。

"这得看具体情况吧。"医生给出模棱两可的回答。橘紧张了。

"我估计具体情况相当糟糕。"

"具体是做了什么呢?"

"……比如谎报职业、擅自录音之类的。"

"如果可能涉及刑事案件,我可以为您联系其他的咨询渠道。"听医生压低声音,橘连忙解释:"不,不,这是工作上的麻烦事。

"其实最坏的情况是,我可能会再次见到那个被我彻底破坏信任关系的人……"

橘一边说,一边感到心脏猛地跳起来,忍不住用手按住胸口。"您还好吗?"医生关切地问道,而橘露出了奇怪的笑容。

这是他绝对想避免的情况,但却无法排除这种可能性——如果浅叶没能进入比赛决赛,他很可能会出现在合奏会场上。

"橘先生,您是不是经常有这种情况?"

"您是指破坏信任关系吗?"

"啊,不,我是指心悸或者恶心这些症状。"

"这种情况常有啊。"橘轻轻揉了揉自己的胸口。

"哎?"医生惊讶地低呼一声。看到医生的反应,橘才意识到这种情况并不普通。"我也给您开一些急救药。"医生说道。橘有点事不关己地心想,真是有点麻烦啊。

诊疗结束时,医生坐在阳光照耀下的龟背竹叶片旁边说道:"关于刚才谈到的信任问题,如果建立信任需要时间,那么修复被破坏的信任同样也需要时间。不过,如果问题根源在您自己身上,那么您必须好好展现出自己的诚意。"

对全著联的剧烈抨击早已过了风口。随着新的新闻不断涌现,"卧底三笠的职员"也很快被遗忘。

然而,音乐界专家的批评文章仍然频繁出现在媒体上。

对于音乐教室的学生来说,"想要学会这首曲子"是他们的重要动力,不管是流行音乐还是古典音乐,这一点都没有改变。从更广阔的角度来看待音乐文化,全著联目前采取的做法真的更好吗?增加收取在音乐教室上课练习时演奏曲目的著作权使用费,结果会不会导致整个行业的萎缩?未来,三笠等音乐教室可能只会教授版权已过期的曲目,这种趋势完全有可能出现。从某种意义上说,这可能被视为一种"干净"的经营方式。然而,告诉那些想演奏记忆中的热门歌曲而走进音乐教室的学生,已经没人能教他们演奏这些曲子了,这是否过于残酷?业内外已经出现了不满的声音,有作曲家甚至发表声明,表示自己的曲子可以被自由使用。音乐不应该与人分离。全著联为这个国家的音乐行业做出了巨大贡献,这是众所周知的事实。然而,这一政策需要被重新考虑。

橘浏览这篇文章时,一个评论引起了他的注意。

那就付钱啊,付钱不就好了。

合奏团演奏日的前夜,橘已经开始感到紧张,于是他试着吃了一片睡眠障碍门诊开的急救药。他仰面躺在床上,呆呆地望着天花板,心脏却在胸膛里"砰砰砰"地跳个不停。假如人躺下时心脏还很活跃,那感觉就像地震一样,无法平静。

明天橘打算去 Vivace,但是否应该提前联系一下佳澄?光是考虑这个问题,他的心情就已经如此糟糕,真不知到时会怎么样。他不禁思索,自己到底有什么脸回去，去面对那些人？

等药效发挥时，橘脑子里转过许多念头。

我不希望见到谁？他边想边回忆起交流会的成员，首先浮现在脑海的是梶山。因为梶山似乎对自己擅自断绝联系的行为感到愤怒。橘心想，那如果是梶山，他会怎么做呢？也许梶山会妥善地向大家解释清楚事情的经过，冷静地做最后的告别。

橘还无端地想象，如果蒲生是全著联派来的间谍，可能早就暴露了。能不能一直撒谎，把事情彻底隐瞒下来，也是因人而异的。在这一点上花冈或许能巧妙应对，但那是偏娱乐电影的印象，实际上她肯定不适合当企业间谍。至于佳澄，那就更不可能了。每次想到佳澄，橘就会想起自己告诉她的那些敷衍了事的备考建议，感觉脸都要红得烧起来了。

当然，他最不想见到的还是浅叶。

不过，橘觉得明天在 Vivace 不会遇到浅叶。对方正为音乐大赛的决赛做准备，现在应该是他人生中最关键的时刻。

"嗡——"手机发出振动声时，橘以为又是购票网站的推送消息，便没放在心上。然而，听到那声音一次次重复，他突然意识到不对，猛地从床上跳了起来。

可能是因为急救药起效了，他的心跳并没有变得剧烈。

橘小心翼翼地拿起手机，看到屏幕上显示的名字时，不禁感到力气全无，心想，怎么会是他？

他甚至忘记把琢郎列入刚才的回忆名单里。

"……喂？"

"啊，是橘先生吗？"

"是的。"橘回答时,感到自己显得有些傻,简直毫无紧张感。

不知道这是药物的作用,还是因为对方是琢郎。

"抱歉突然打电话过来。我听说好像被您拉黑了,所以想确认一下。现在方便吗?"

"没事的,那个拉黑……我已经解除了。对不起,给大家添麻烦了。"

橘不自觉地道了歉,但随即心想,为什么第一个要向琢郎低头?其实橘根本不在乎,而琢郎对橘恐怕也是毫不在意。

琢郎是研究生,年纪和橘差不多。可是他们完全合不来,在交流会里,琢郎是唯一一个橘几乎没有个人感情投入的人。

头脑昏昏沉沉的,让橘感觉有点奇怪。

"橘先生就是那个全著联的间谍吧?那个被猛烈抨击的事件。"

"对,就是那个。"

"我身边第一次有惹上这么大麻烦的人,真是吓了一跳。之前您上课的那个时间,现在是我在上。周五晚上的时间段真不错,以前我每周六中午要跑到二子玉川,真是很烦,您帮大忙啦。然后,说到正事……您最后决定去听合奏会吗?"

琢郎轻描淡写地问道。橘不禁感到一阵愤怒,开什么玩笑!

我为这件事烦恼得快要死掉,而你说得这么轻巧?

"我会去。"

"啊,好咧。小澄说她不能给橘先生打电话,所以我就来确认一下。"

琢郎说道。橘感到有些奇怪。

"……我早就解除了屏蔽啊。"

"不是啦,她的意思可能是,担心你还在屏蔽她,所以不敢按下通话按钮吧。您最好还是给她发个消息吧。"

琢郎这个看似什么都没在想的家伙突然说出了个有道理的建议，橘不禁有些震惊。他感觉一切都变得无谓，自己累了。

只要活着，真的会接二连三遇到意想不到的事情。

"琢郎你会去听合奏会吗？"

"学会日期临近，我去不了。不过浅叶老师好像会去。"

"什么？"橘不由得问道。"他在群里回复说会去听。"琢郎毫不在意地继续说道。

他在说什么？橘感觉脑海一片空白。

"……可是比赛的决赛是在这个月末，对吧？"

"浅叶老师没进决赛，他在第二轮预选被淘汰了。网上可以查到结果。"琢郎满不在乎地说道。

橘整个人都僵住了，沉默了一会儿后，"好像信号不太好啊。"电话那头的声音显得漫不经心。

合奏团演出的那天晚上，橘坐在久违的田园都市线上，凝视着车窗外。多摩川河堤的黑暗渐渐逼近。

夜晚的车窗如同一面镜子，映照出观者的身影。那个面无表情的男人，不知何时已不再年轻。

全日本音乐大赛的大提琴组决赛名单中没有浅叶樱太郎的名字。无论橘返回重看多少次，名单上都没有。那上面只有陌生的名字，让橘感到一种与看到只用作品编号来表示指定曲目时相似的疏离感。名单公布已经有一段时间了，这个时候，可能只有橘还在不停地点击刷新按钮。

今后无论再过多少年，浅叶的名字都不会再出现在那份名单上。

橘在二子玉川站下车，节日的夜晚显得格外热闹。或许是因为季节交替，街上行人的穿着也是各式各样。橘心不在焉地想着，应该带件外套来的。走出检票口来到车站外面时，可以感到一丝寒意。

回头看向车站前的大道，远远可以望见三笠二子玉川店的大厦。

橘开始向多摩川方向走去，不一会儿就到了那座熟悉的桥。离 Vivace 最近的车站是二子新地站，但不知为何橘有种使命感，觉得自己必须经过这座桥再去店里。再过十分钟左右就能到达餐厅。然而他依然没有任何现实感。因为事先服用了急救药，他的情绪莫名平静。

要是见到老师，该说些什么呢？

橘望向远处的桥，移动的车辆看起来闪闪发亮。令人怀念的记忆复苏了，他突然想起某座熠熠生辉的桥，但具体叫什么桥，却怎么也想不出来。

连匈牙利语被称作什么语，他一时也反应不过来。

橘一推开那家餐厅的大门，扑面而来的便是音乐。不同于数字音频，那是能让肌肤颤动的现场爵士乐。店内深处可以看到一个没有高低差的舞台，橘的同龄人正在舞台上愉快地表演着。他发现一位身材娇小的女性正在拉一把巨大的低音提琴，不由得感叹一声。

环顾店内，橘没有看到熟悉的面孔。

"今天实行最低消费一人一单，可以点饮料或食物。"

橘选了一个柱子后面的座位坐下，熟悉的服务员走了过来。他点了一杯无酒精啤酒，很快冰镇的酒就被端了上来。橘心想，能找到这样一个不显眼的位置真是太好了。舞台前的桌子上似乎坐满了爵士乐队的朋友们，气氛像同学聚会一样热烈。这种热闹让橘有一种安全感，仿佛形成了一道防波堤。

Vivace 的内部装潢显得更加清爽利落。整体氛围没有变，橘也说不出具体哪里改成了什么样，应该是一些细节翻新了。他仔细一看，舞台上安装了很像样的照明灯，灯光柔和自然。

舞台旁边并列摆着两块屏风，似乎通往休息室大门。想到佳澄等人可能会从那里出来，橘就感到一阵紧张。

演出的时间差不多到了。

橘再次小心翼翼地环顾店内，依然没有看到浅叶的身影。

"非常荣幸今天能参加这次值得纪念的第一届音乐之夜。我们是大学社团的朋友，但如果没有这样的表演机会，现在已经很难聚在一起了。好久没在这么多人面前演奏了，感觉非常感动。我还想继续玩音乐。"

那个手握麦克风、脸上带着腼腆笑容的萨克斯手说道。听着他的感想，橘也回想起自己在三笠音乐教室学习的时光。

他反复练习那首曲子，直到能够熟练演奏为止。为了拉出动听的音色而竭尽全力。那段时间他整天都沉浸在大提琴的练习中，几乎忘记自己还做过些什么。对待大提琴他不曾敷衍。要他人来看，这可能只是一个普通上班族的爱好，但橘从未这样想过。他一直都是真心投入。

"我们平时都有各自的工作，过着与音乐毫无关系的生活。虽然日子过得也挺开心，但偶尔能站在这样的舞台上演奏，就感觉看到的风景完全不同了。怎么说呢，虽然有点夸张，但我觉得，或许我的人生也没有那么糟。"

正如橘对演奏会那天的情景记忆犹新，这位萨克斯手恐怕也会永远记住今天。橘知道，站在那个简易舞台上看到的风景肯定也极为美好。然而他已然知晓，有一种激情已经无法完全被那小小的舞台所容纳。

——"我想在更大的音乐厅里演奏，比琴房更大、比音乐酒吧更大。我不想只是在三笠的讲师演奏会上登台，而是用自己的名字吸引观众。"

爵士乐队的演出结束后，稀疏的掌声响起。乐队成员挥手回应朋友们的欢呼声，然后走下舞台。

因为没有主持人，节目间的转换有些模糊。

第一个从屏风后走出来的是蒲生，他穿得像个新娘的父亲。

"啊！"

蒲生天真的手指径直指向橘。

前方座位上的观众回头看向橘，这时，正如演奏会那天，梶山他们穿着正式的礼服，手持大提琴出现在舞台上。

与穿着无尾晚礼服的梶山对视的瞬间，橘的心脏猛地跳了起来。

"你这个无情之人，这不是好好来了吗！"

手握麦克风的梶山瞪着橘，故意用一种反派的口吻大喊，引得不知情的客人们嘻嘻窃笑。尽管粗犷的嘴角紧紧抿着，但梶山看上去并不像真的在生气。在他旁边，穿着黑色长礼服的花冈垂下眉梢，轻轻挥了挥手。穿着香槟金色礼服的佳澄也紧紧盯着橘，表情严肃。

他们的真实反应与橘之前所想象的全都不同。

一直与自己友好相处，同样拉大提琴的伙伴。

梶山、花冈、蒲生、佳澄，他们怎么可能在没有听橘解释的情况下就蔑视他呢？自己为何会如此单方面地、过度地害怕这一切呢？

自己与透明墙壁的另一边存在显著的落差,那道厚厚的墙壁自动扭曲了世界的真实面貌,这是自身内心的不信任所构筑出的巨大防御墙,它把眼中所见的一切全都转化成了威胁。

然而这种威胁只是幻象。真正的现实永远在恐惧的另一端,等待他伸出手去触碰。

"今晚是我们这个组合第一次演奏,我们都非常紧张。可能很多人都知道,我们手中的乐器叫大提琴。它是小提琴的朋友,但可以发出更低沉的声音。希望我们的演奏能让大家感受到大提琴的美妙。"

趁花冈串场的时候,服务员在舞台上摆了四把椅子。全部整齐排好后,四人分别坐下来,拿起琴弓。

即将演奏的人并不是自己,奇怪的是,橘也感受到了一股带着芬芳的紧张感,正推着他微微弯曲的后背。

梶山开始拉伴奏,接着花冈加入旋律。两个小节之后,蒲生也加入同样的旋律。又过两个小节,佳澄也叠加同样的旋律,逐渐形成融合在一起的《卡农》和声。

如编织春光般,琴弦之声层层叠加,震撼着此刻的空气。橘感到面前的空间似乎在扩张,他的意识也渐渐飘远。

他想拉大提琴。

再一次。

"你在干什么?"

就在演奏即将结束的那一刻。

"我问你在这里干什么呢？！"

橘还没来得及反应，就感到全身的汗毛忽地都竖了起来。"砰！"心脏剧烈跳动发出巨响，仿佛要爆裂开来。

一个背着白色大提琴盒的男人站在柱子前。

"……在小野濑晃的音乐会上。"

"啊？"

"我偶然遇到佳澄小姐，她邀请我来。"橘低声辩解道。

"哦。"浅叶应了一声便转向舞台。

演奏结束，四人从椅子上站起来，掌声随之响起。庞大的罪恶感让橘的头脑一片混乱，他想不到合适的反应。在昏暗的餐厅角落里，橘心中的波澜涌动不息。

三船说过，哪怕道歉，也只会让对方为难。

"我现在其实挺惊讶的。"

"……是。"

"人家叫你来，你就来了？真是出乎意料。没想到你居然有脸来。"浅叶抛下这句话，橘本就畏缩的心脏几乎停止跳动。

他想到，自己似乎缺乏对他人的想象力。正如三船所说，就算自己道歉，浅叶也可能只会感到为难，或者只会让他更加愤怒。

但所有这些预测，都是站在透明墙的这一侧。

那堵自己构筑出来的巨大透明墙。现在是时候跨出一步了，迈向透明墙的另一侧。

"那个……"

"怎么？"

"……真的非常抱歉，所有的事情。明明是您最后的机会。"橘喃喃道。

而浅叶再次转向橘："你知道比赛的结果？"

"琢郎告诉我的。"橘低声回答。

"为什么这里会冒出琢郎？"浅叶的脸上瞬间闪过一丝笑意，虽然远不是一个开朗的笑容，但足以打破先前紧张的气氛。

"全日本音乐大赛第二轮预选赛败退。这个结果并不意外，甚至可以说是相当善战了。这跟你说对不起有什么关系？"

浅叶半带无奈地说道。

"可是……"

"可是什么？"

"如果我在最后关头没有搞出那些事，或许……"

或许能得到更好的结果。但橘不敢把话说完。

在竞争无比激烈的比赛中，心理素质起着决定性的作用。原本练习期间就已经非常艰苦，橘又造成了不必要的心理负担，这是不争的事实。如果橘能彻底隐瞒卧底调查的事，平平稳稳离开三笠，或者进一步说，如果他从一开始就没有加入那个教室。

那么或许结果就会有所不同。

"你该不会以为我没能进入决赛是你的错吧？你少在那儿自以为是了。"

浅叶的语气中透出一种平静的愤怒，橘意识到自己可能又犯了大错。

然而，浅叶的茶褐色眼眸里已经显露出一种平和的情绪。

"在你看来，天灾人祸、气候变化，甚至连这个历史悠久的比赛，它的结果如何，全都跟你有关吗？你以为自己是神，所有事情都取决于你吗？怎么可能？！虽然你在我人生的关键时刻搞了个大娄子，这一点我不会原谅你，但一码事归一码事。这就是我的全部实力，你不必为此道歉。"

浅叶放下背着的硬壳琴盒，"啪嗒啪嗒"地打开扣子，接着一口气将琴盒朝自己这边掀开，露出一把琥珀色的乐器。

舞台上，花冈还在继续介绍乐团成员。

"……早知道我应该穿得正式一点。"

"啊？"

"当时青柳小姐一直纠缠不休，我就随口说，如果小橘真的来了，我就给你们演奏一曲，因为我认为你绝对不会来。怎么他们都穿正装？要是被叫到他们当中，不就显得只有我像个傻子吗？"

橘重新打量浅叶全身，发现他腰部以下穿着运动裤。"衣服都拿去洗了，刚好只有这套。"说着浅叶挠了挠后颈。

"迟到的樱太郎老师，准备好了吗？"

花冈通过麦克风催促道。"等一下。"浅叶朝舞台大声喊道，带着一丝苦笑的语气让客人们再次发出轻笑声。

活动已进入尾声，气氛也炒得很热。这个空间充满了参演者的亲朋好友，完全不必担心会冷场。

浅叶旋转一圈弓尾螺丝，白色的马毛顿时被拧紧。

"即使履历是假的，人的本质也无法掩盖。"

浅叶低声说道。橘则是缩了缩身子。浅叶握住琴颈，慢慢地将大提琴从琴盒中取出。

橘害怕极了,不知道接下来会被说些什么。

"我一直以为,你不是那种会把自己主动放弃的东西重新追回来的人。无论原委如何,你做出那种事,想必再也不会回来。我的预感基本都是正确的。但这次我的预感错了。"

浅叶抬头望向舞台的灯光。

"你确实来到了这里。这个世上,什么事都有可能发生。"

抓着琥珀色大提琴的浅叶逐渐走向明亮的舞台,掌声也随之渐渐增大。虽然不如大型音乐厅中的掌声那样隆重,但在这家餐厅里,已经属于欢呼雷动。

只在舞台上留下一把椅子,佳澄等人退回到屏风后面。

"那么最后,有请我们的特别嘉宾,二子玉川三笠音乐教室的大提琴讲师,浅叶樱太郎老师。他是一位非常热心且优秀的老师。现在请樱太郎老师为参加他重要学生的演出迟到找一个理由。"

浅叶坐在舞台的椅子上,伸长脖子凑到花冈递来的麦克风前。"因为电车延误了,抱歉。"他略显尴尬地说道。"电车延误还勉强可以原谅。"屏风后面传来梶山的奚落。两人无聊的对话再次引发一阵笑声。

浅叶穿着浅灰色运动裤的膝盖夹住大提琴的琴身。

"呃——承蒙介绍,我是三笠的大提琴讲师浅叶。如果有人对大提琴感兴趣,随时可以联系我,也欢迎初学者。"

浅叶架好弓后,餐厅内瞬间安静下来。

演奏的是那首他反复教过自己的《雨日迷途》。

那温柔的声压如同释放在深海中的声波,精准捕捉到橘的坐标,将他真实的轮廓清晰地显现出来。

活动在热烈的气氛中结束后，店内的氛围瞬间松弛下来。爵士乐队的众多朋友散去后，舞台前的空间一下子变得开阔许多。留在桌上的大盘子和玻璃杯很快被收拾干净。

橘正要离开餐厅，不留神被佳澄逮住了。

"我们接下来要去开庆功宴。橘先生也一起来吧。"

"那不合适吧，实在是太没分寸了。"

"那种事没人会在意的。"佳澄不依不饶地说。橘有些为难，但他也意识到，自己必须在这个时候对她说出该说的话。

一直以来橘只会逃避，是这个女孩用尽全力从背后推了自己一把。

"合奏真的很好听，让我又想重新拉大提琴了。谢谢你今天邀请我来。"

橘向佳澄道谢。自从在音乐会现场重逢以来一直劲头十足的佳澄突然哽住了。

橘注意到她的眼睛里泛起淡淡的泪光，顿时后悔自己没有多考虑一些，什么都没带就来了。如果能为她买束花，庆祝她通过考试，纪念这场舞台，那该多好啊。

橘独自走出 Vivace，沿着二子新地的商店街前行，街边大多数店铺已经关门。秋夜的街道上没有行人，他深深呼吸一口，感觉头脑愈发清醒。

突然，橘感到似乎有人在跟着他，停下脚步，他发现自己倒映在店铺的镜面卷帘门上。

镜中映出的那个人，毫无疑问已经是个成年人，面对长年以来固定不变的、脆弱的自我形象，他轻快地一跃而过。

尾声

您是报名大提琴高级班一对一课程,再次入学的橘先生吧。

翌春，一条新闻再次引起人们的关注。

东京地方法院全面支持全著联的主张，判定全著联向包括三笠在内的大型音乐教室收取著作权使用费属正当行为，同时驳回了原告的请求。

对此，音乐教室协会表示将提起上诉。

过去的事件给橘树带来的那片深海，至今仍时不时在梦中浮现。
"刚才的点心是在哪儿买的？还挺好吃的。难得小橘这么会选呀。"
矶贝说完哈哈大笑，似乎并无恶意。
"我在车站大楼里面的店买的。"说着橘继续清理桌面。他仔细擦拭显示器的背面和电线，发现污迹比想象中显眼得多。

基本清理完后，橘再次检查一遍归还物品清单。在总务交给他的角2[①]棕色信封中，已经放入了健康保险证和公交、地铁的定期票。剩下的

[①] 角2：全称为角形2号，是日本一种常见的信封规格，尺寸为240毫米×332毫米，可直接装入A4纸。

都是他在今天结束工作前最好随身携带的东西：桌子钥匙，储物柜钥匙，以及员工证。

注意到清单上还写着"公司胸章"，橘打开桌子最上面的抽屉。

他松开手让红色的胸章落入棕色信封中，接着折叠好信封上部。

"那么，差不多该开团队会议了。"

凑发出号令后，橘向他确认："我需要参加吗？""你不用啦。"凑笑着回答。

"今天就辞职不干的人，跟他讲今后的工作安排也没什么意义。哦，对了，记得把发给海外团体的英文模板的交接资料整理好。"

他说这话时，身后就跟着继任橘那个岗位的年轻人。橘心想，这家伙真是到最后都讨人嫌。"那小橘就留下来看家吧。"矶贝也起身离开后，周围顿时变得空荡荡的。给在仙台分公司工作时期的同事群发离职邮件后，橘已经觉得无事可做。他喝了一口滴滤咖啡，发现不知不觉中都凉了。

从毕业入职以来已有五个年头，虽然历经不少波折，但总的来说，自己也算是挺努力的了。

橘正等着开始最后一次午休，长时间离席的第二档案课课长从通道的另一端走了过来。档案部并不十分忙碌，那个隶属于神乐坂派的男人，大概又是为了其他目的而在暗中行动。

组织这种东西普遍都像深海生物一样，隐藏着庞大的全貌，难以捉摸其生态。即便一场诉讼结束了，它的潜伏也永远不会停止。

今天，在那阳光无法照射到的地下室里，又有新的计划开始了。

"小橘，今天是你在这里的最后一天吧？下一份工作已经决定了吗？"

橘对上盐坪的目光，那张蛇一般的面孔随即露出笑容。他那样子仿佛在关心一个自己不曾有机会交流的年轻人,这假惺惺的态度让橘也忍不住笑了出来。

上周,橘终于完成了档案室文件目录的数字化。

"是的,已经顺利找到了新工作。"

"那就好。希望你在新的环境中也能顺利发展。"

"多谢盐坪先生的关照,十分感谢。"橘站起身,深深鞠了一躬。

"打个招呼,别这么一本正经的嘛。"盐坪用他一贯夸张的语气说道。橘想,这个男人估计和自己一样,也不擅长与人交往。这个曾经痴迷于皱鳃鲨电影的人。

他本可以向上级报告橘的所为,不知为何却没有这样做。

"很遗憾我们在工作上没有什么交集。保重。"盐坪说完便朝自己的座位走去。白天在档案部办公室里与盐坪的正式交谈,既是橘的第一次,也是最后一次。

与其他部门道别后,橘稍晚了一些才开始午休。在前往地上的电梯里,他偶然遇到了三船绫香。中午时分的电梯里挤满了人,穿着外套的职员们正闲聊着。

自庭审完的那天晚上以来,橘很少再看到三船,少到几乎有些不自然的程度。

"……其实,今天是我最后一天上班了。"

"刚刚我在总务那边听说了。"

"劳您照顾了。"橘点头致意。

"彼此彼此。"三船回以端正的微笑,仿佛那天晚上什么事都没发生过的客套而美丽的笑容。

电梯门很快打开，人群散向大厅。

"那个，您不介意的话，能留个联系方式吗？"

"那我发到您的公司邮箱吧。我现在只带了钱包。我会在下班前发过去。"

说完，披着长大衣的美女快步走出了正门。直到下班时，橘都在等待，然而三船的邮件却始终没有发来。

橘离开全著联的第二天，一则新闻成为热门话题。

小野濑晃对音乐教室问题提出批评。

三笠音乐教室二子玉川店位于东急田园都市线的二子玉川站稍前方，那幢外墙高雅别致的建筑远在大街上便能清楚看到。一楼的乐器店拥有东京都内数一数二的店铺面积。沿着展示铜管乐器的展柜一直往里走，就能看到通往顶楼音乐厅的电梯。

搭乘电梯上到三楼，眼前景色豁然开朗。

宽敞的大厅采用挑高设计，设有一个精致的休息室。橘穿过保持适宜湿度的空间走向前台，前台职员马上抬起头。

"您是报名大提琴高级班一对一课程，再次入学的橘先生吧。很高兴再次见到您。时间已经差不多了，请您走上楼梯，前往最里面的房间。"

橘踏上令人联想到豪华客船内部的大楼梯，沿着弧形走廊前行，很快就到了那间房间。离门越来越近，他的呼吸也因紧张变得越来越急促。自己尚未获得原谅，仍有可能被拒之门外。

"咚、咚"。橘轻轻敲了敲门。"请进——"门内传来一个冷淡的声音。

259

准备面对未知现实的橘，有一把巨大的乐器在背后支撑着他。

"再次入学的人，请问您的名字是？"

整洁干净的房间里摆着两把相对的椅子。靠里面的椅子上，一个表情傲慢的男人半躺半坐，抬起下巴示意橘过来。这间不到六叠大的琴房，此刻显得如同某座豪华宅邸一般。

他身边只放着一把琥珀色的大提琴。

"橘。橘树。"

"你在开玩笑吗？"

"……原本名字就是真名。"

"不是说这个，我问的是，你是不是在模仿詹姆斯·邦德的梗。"浅叶用力皱起眉头。

"我没看过《007》。"橘低声说道。

"你还没看呀。"浅叶回以轻松的吐槽。

从橘打开门的那一刻起，浅叶好像就一直很在意他背上的乐器。

"所以呢？今天来究竟有什么事？听说你那边和我们还在对抗呢。为了应对上诉，又要来录音吗？"

浅叶的双臂紧紧交叉，看起来不像是在开玩笑。

"我今天并不是以间谍的身份来的。"橘否认道。

"现在说这些谁会相信？"浅叶干笑了一声。

"我已经不再是全著联的人了，没有任何探查三笠的意图。后来我换了工作。怎么说呢，算是做个了断吧。"

"……啊？你辞职了？"

浅叶目瞪口呆，一下子放下了交叉的手臂。

他那有些愣神的反应让橘觉得稍微容易开口了一些。

"是的，我辞职了。因为找到了还算不错的工作。其实也没什么好惊讶的……"

"怎么可能不惊讶！全著联这种公司，从就业角度来说，简直是超优良企业吧。你考虑过终身收入吗？要我说，这可是完蛋了呀！可能你还年轻，不太懂这些，但真的该认真考虑了。人生要是早期不去重视，后面会很难过的。"

"这是我认真思考后的结果。而且，我也不算年轻了。我只是想在死的时候不后悔，所以决定坚持自己的原则。"橘答道。

浅叶一度移开视线，接着重新看向橘。

黑色大提琴盒的琴颈部分比橘的头还要高。

"那这个是？"

"最近我终于买下来了，在之前您推荐的那家乐器店里买的。后来我开始去接受心理咨询，逐渐觉得即使背着自己的乐器在外面走，也没什么问题了。"

橘断断续续地解释道。浅叶没有插话调侃。

那篇被新闻报道提到的小野濑晃博客文章标题是这样的：

音乐教室的师徒关系是否可以被替代？

"再次入学的橘先生，有没有特别想用大提琴演奏的曲子？"浅叶故意用生硬的语气问道，"这是我对所有人都会问的问题。"与第一次入学时一样，再次入学时好像也会问类似的问题。

面对这个自己早有准备的问题,橘不禁微微一笑。

"我想演奏巴赫的曲子。我希望有一天能熟练演奏巴赫的《无伴奏大提琴组曲》,从第一首到第六首。"

橘明确地说道。浅叶一脸意外地抬头看着他。

说出自己内心真正的想法,让橘感到有些不好意思。

"……这还是我第一次听你说。"

"其实我一直都想向您学习那首组曲。早在之前我就已经有了乐谱,但靠自学根本没法拉好。"

过去的光景逐渐浮现在橘的脑海中,仿佛齿轮正在缓慢啮合。

就像捕捉到昆虫振翅的瞬间,抑或是被跳高选手的精彩一跃所吸引的瞬间。音乐有一种无条件震撼人心的力量。

"那么,现在再问一个重要的问题。橘先生选择这家教室的理由是什么?"浅叶重新问道,"我明白你已经有了自己的大提琴,也理解你想演奏巴赫的热情。但大提琴教室不止一家,你也可以找到很多比我更优秀的老师。更何况,这里对你来说是一个有着不堪的回忆,再糟糕不过的地方。你有什么必要,甚至辞去全著联的工作,还要低头来到这里?"

——"老师和学生之间存在信赖和羁绊,存在固定的关系,这些全都是无可取代的。"

小野濑晃写的博客文章,开头就引用了三笠讲师所说的话。

"老师,您的老师叫什么名字来着?"

"汉斯老师。"

"对您而言,您的老师只有他一个人,同样地,我的老师也只有浅叶老师一个。您能想象出来吗?……"

可能是因为说了些自以为是的话，接下来的沉默显得尤为沉重。

浅叶的眉间微微动了动。

"……什么想象啊，在那说什么大话。你还站在那里干什么？"

浅叶斥责道，橘立即将背着的大提琴盒放在地上。他迅速将外套挂在衣架上，将那把炼瓦色大提琴从盒子里取出来。浅叶低头看了一眼，说道："不错嘛。"

橘坐上久违的椅子，背脊自然地挺直起来。

那一瞬间，他产生了一种仿佛回到过去的错觉，但那是不可能的。

时间只会向前猛冲，不容倒退。

"我要去参加一个音乐会，在轻井泽。"

"啊？"

"去年参加大赛时，有人注意到了我，所以我也得到了演奏的机会。不过，这事儿还要很久之后呢。"

闲聊就到此为止，调音了。浅叶抬头看了看墙上的时钟。

橘开始练习《无伴奏大提琴组曲》之前，浅叶樱太郎说了这么一句话："别以为曾经被打破的信赖可以马上恢复回来。"

"不过，这里是来者不拒的三笠音乐教室。无论你的真实身份是什么，只要你想拉大提琴，我就教你。这里就是这样的地方。然后，月底我们班有个聚会。"

浅叶递给橘一张手写的传单。新的计划顿时萌芽。

橘把视线转回大提琴的乐谱，只见音符如雨滴般流淌开来。

主要参考文献

《大提琴家的故事》，科林·汉普顿著、泷川郁久译，春秋社。

《与另一个自我相遇 音乐疗法书》，内田博美著，ARC出版企画。

《初学者简易大提琴入门》，鹰栖光昭、升田俊树著，DoReMi乐谱出版社。

《无伴奏大提琴组曲 BWV1007-1012》乐谱，约翰·塞巴斯蒂安·巴赫著，贝伦赖特出版社。

《大提琴之森》，长谷川阳子著，时事通信出版局。

《古典音乐的100种味道——维也纳的演奏比精彩更美味》，平野玲音著，彩流社。

《黄色是匈牙利的颜色——布达佩斯旅居日记》，濑川知惠子著，新风社。

《有时混黑道，有时弹钢琴》，铃木智彦著，CCC Media House。

《梦魇障碍》，西多昌规著，幻冬舍新书。

《间谍手册》，沃尔夫冈·洛茨著、朝河伸英译，早川文库NF。

《JASRAC概论——音乐著作权的法律与管理》，纹谷畅男编，日本评论社。

《深入理解音乐著作权业务：基础篇 第5版》，安藤和宏著，Rittor Music。

《娱乐与著作权：从初学到实践——③音乐业务的著作权（第2版）》，福井健策编，前田哲男、谷口元著，著作权信息中心。

《什么是著作权》，福井健策著，集英社新书。

《调查信息》538号、550号、551号，TBS媒体综合研究所。

《深海生物大事典》，佐藤孝子著，成美堂。

《深海生物怎么会这样？》，北村雄一著，秀和系统。

《几乎拼了老命的鲨鱼图鉴》，沼口麻子著，讲谈社。

另外，还参考了其他大量资料。

后记

　　最初刊载于《小说 SUBARU》2021 年 3 月号至 9 月号。出版单行本时进行了增补与修订。

　　此外，本作品纯属虚构，书中所涉及的人物、事件、团体等均与事实无关。

　　City Lights 法律事务所的水野祐律师和前野孝太朗律师对本书的写作多有帮助，在此谨致以衷心的感谢。

　　另外，本书的所有责任均由作者本人承担。